L'AMOUREUSE INITIATION

OSCAR VLADISLAS DE LUBICZ-MILOSZ

ALICIA EDITIONS

L'AMOUREUSE INITIATION

(EXTRAIT DES MÉMOIRES DU CHEVALIER WALDEMAR DE L...)

... On a déjà pu connaître plus d'une fois, en lisant le récit sincère que je fais ici de mes aventures, combien peu il m'en coûte, au déclin de ma vie, de reconnaître la médiocrité du rôle que j'ai joué en ce monde. Il serait peu juste, toutefois, d'imputer à la petitesse de cœur ou d'esprit ce qui me paraît n'être en moi qu'un effet fort naturel de l'expérience et du désenchantement. Il fut un temps où je n'avais souci de rien autre chose que de me préparer à la noble carrière où ma naissance et mes lumières naturelles me paraissaient appeler ; un temps où je ne m'abandonnais que de trop bon cœur à des rêves de gloire et de dévouement dont l'avare réalité m'a si bien appris, par après, à ne faire que peu d'état ; un temps... temps lointain, perdu, à jamais envolé !

Un jour, je m'éveillai tout hébété à mon destin véritable et je reconnus être une de ces âmes infortunées où les imaginations brûlantes de l'adolescence consument la réalité de toute une vie. Néanmoins, secouant ma torpeur, je me composai du mieux que je pus, je fis mon entrée en scène — et le spectacle commença. Pitoyable tragicomédie ! Que vous en dirai-je que vous ne connaissiez déjà ? Je n'y ai jamais su faire qu'un personnage secondaire et des plus effacés, et je mourrai sans doute sans en avoir connu le héros. Rien n'est si malaisé que d'apprendre à jouer le principal rôle dans les événements de sa propre existence. Ai-je aimé, ai-je haï ? Il me souvient d'avoir ri et pleuré ; jamais, cependant, je n'ai senti palpiter sous ma main le cœur meurtri ou joyeux de la réalité. Je n'ai vécu, en quelque sorte, que pour avoir à quoi survivre. En confiant au papier ces futiles remembrances, j'ai conscience d'accomplir l'acte le plus important de ma vie. J'étais prédestiné au Souvenir.

Pour médiocre qu'elle soit, l'estime que je fais de moi-même en tant que caractère m'apparaît comme une façon de panégyrique au regard du peu de confiance que je mets en mes qualités d'écrivain. S'il est bon, quelquefois, de réunir en soi deux personnalités, c'est toujours chose détestable que d'avoir pour chacune d'elles un style différent ; or, qu'est-ce qui ressemble moins à l'expression de ma pensée que le langage de mes sentiments ? À tous mes écrits, je retrouve cette même marque fâcheuse d'une collaboration de frères ennemis. Au par-dessus, j'ai le grand défaut, commun à la plupart des fils du Septentrion, d'honorer trop la vérité et de négliger la grâce. Faut-il glisser sur un sujet ou ne l'approcher qu'avec précaution ? Aussitôt j'y donne de tout mon vol, comme l'étourneau dans la glu. S'agit-il, au contraire, de mettre en lumière quelque trait noble ou agréable ? Alors je m'arrête, je balance longuement et je me retire tout penaud, ainsi que fait l'ourson couard devant une ruche éblouie de miel et vide d'abeilles. Enfin je trouve plus de plaisir à évoquer des événements fortuits qu'à remémorer les quelques rares triomphes de ma volonté ou de ma raison ; et je me sens si pauvre d'esprit d'ordre et de suite que, sitôt que j'ai quelque raison d'être mécontent de l'ordonnance d'une partie, j'abandonne le tout au hasard ; d'où cette confusion et ce décousu dont on me blâme si souvent et à si juste titre.

Qu'il me soit permis, toutefois, de rappeler ici pour ma défense combien il est malaisé de classer régulièrement des événements où l'esprit s'efforce en vain de découvrir quelque liaison. Il ne me souvient pas d'une seule occasion où je n'aie été le jouet du hasard. L'imprévu a régné sur ma vie en despote ensemble cruel et facétieux, et je ne pense pas avoir jamais eu d'autre gouverne que de me soumettre en soupirant à ses capricieux décrets.

Au surplus, ami lecteur, tu connais de longue main déjà le persécuteur de l'infortuné Benjamin. L'étrange bizarrerie de son humeur n'a plus rien qui te puisse surprendre, non plus que le grotesque parfois messéant des travestissements dont il était coutumier. Même j'aurais plus d'une raison de te soupçonner d'une secrète indulgence envers ce malin Hasard, ennemi de mon repos ; cependant, je ne me peux défendre d'un sentiment de malaise au souvenir de l'aspect répulsif qu'il lui plut d'emprunter pour une rencontre que je fis à Naples, sur la fin de l'année 17.., à mon retour de Formose. Jamais je n'effacerai de ma mémoire les burlesques détails de cette aventure ; et, en dépit du long espace qui m'en sépare et de l'amitié que je porte depuis lors à son étrange héros, c'est en rougissant que j'avoue devoir à la fureur d'un roquet famélique et galeux la connaissance du plus aimable d'entre les originaux rencontrés au cours de mon errante vie. Il serait juste, néanmoins, que le sentiment de la gratitude l'emportât, en l'occasion, sur le vain souci des bienséances ; car, n'était l'humeur combative de l'affreux animal qui me fit trébucher au seuil d'un coupegorge, jamais je n'eusse vu s'arrêter, au milieu de la nuit et du Ponte-Tappio, la silhouette de revenant du comte Pinamonte, ni se tourner vers moi, à la clarté clignotante d'une fenêtre de brelan, le surprenant visage de ce dernier des Benedetto.

J'étais précisément, au sortir du combat sans honneur, occupé de chercher sur le pavé humide de l'obscure ruelle le chapeau qui venait d'y rouler, lorsque soudain, brandillante, cavalière et timide dans le même temps, la singulière figure se vint offrir à mon regard. En dépit de l'heure et du lieu, l'inconnu me fit l'honnêteté de ramasser mon clabaud et de se découvrir en m'accostant ; en sorte que ses mains m'apparurent embarrassées de deux coiffures à la fois. Nous nous examinâmes d'abord quelque temps en silence. L'impression du moment demeure profondément gravée dans mon esprit, car c'est d'elle que j'y date la naissance d'une idée fort singulière et qui me tourmente aujourd'hui encore, savoir : que certaines rencontres ne se font jamais pour une première fois, et qu'il est en ce monde des créatures et des objets que l'on jurerait connaître de toute éternité. Je considérais l'étranger avec surprise et non sans quelque méfiance ; lui, pour sa part, promenait sur ma chancelante personne un regard tout pénétré d'étonnement et de malice...

« Eh ! par le grand Diavolo ! s'écria-t-il à la fin ; foin d'une hypocrite réserve ! Sous le désordre de vos vêtements, je devine un homme de la première qualité ; votre vin même, ne vous en déplaise, sent la bonne compagnie. Je m'ennuie ce soir à périr, mon cher monsieur ; partant, vous êtes le bienvenu ! »

La voix — une voix grinçante et rouillée, de girouette de mars — me parut pleine de gaîté forcée, de pusillanimité mal déguisée et d'une sorte de papelardise maladive qui en rendait les inflexions incertaines et fuyantes. Je pris mon chapeau des mains décharnées et tremblantes du singulier personnage et balbutiai, en manière de merci, et de présentation, mon titre accompagné du nom d'une de mes terres.

« Eh ! par le Styx ! voilà qui sort d'un armorial danois. Pour ce qui me paraît être de votre personne... eh ! non, je ne pense pas avoir jamais eu l'honneur d'en faire rencontre ; toutefois, votre visage ne m'est pas étranger. Non point, monsieur le chevalier, que j'aie mémoire de l'avoir jamais vu, mais les grands yeux que voilà me rappellent beaucoup et même trop de choses... Je suis Sassolo Sinibaldo, comte Pinamonte et treizième duc de Brettinoro. Mon ami Poniatowski, le roi philosophe, m'appelle, je ne saurais trop dire pour quelle raison, comte-duc Antisthène. Ma grand-mère était une Guidoguerra ; et je me surprends quelquefois, dans le vin, à tirer vanité des liens qui m'unissent à la maison éteinte des Benedetto. »

Mon roquet famélique et galeux traînait encore, dans l'éloignement, ses glapissantes lamentations ; aux douloureux accents de ce cerbère de tripot, un matou enroué mêlait par intervalles son amoureuse plainte. Un liquide odorant tomba d'une fenêtre sur le pavé visqueux. Une heure indistincte sonna en fausset, dans l'ombre soudain plus dense d'un pressentiment d'aurore. Je considérais avec attention le babillard. Si décharné et voûté qu'il fût, il ne me paraissait point trop mal fait de sa personne ; mais sa physionomie, où l'âge avait pratiqué de grands plis et où le souvenir du plus mauvais jour semblait s'être fixé en une sorte de grimace aigre-douce, ensemble éplorée et rieuse, me donnait le frisson de la pitié et du dégoût. Des rides anxieuses couraient en tous sens sur le visage exsangue marqué d'un mal d'aventure ; les tiraillements bizarres d'un grand nez tout gonflé de morgue circonspecte révélaient l'accoutumance, propre aux nomades, de flairer le vent de divers pays ; les yeux, fureteurs et vils (j'ai connu à Sumatra une race de rats gigantesques et frugivores dont le regard tout illuminé de hideuse sagacité me fit soulever le cœur), les yeux de mon nouvel ami, inquiets et fuyants, se figeaient par intervalles dans une sorte de fixité brûlante et vide qui me glaçait le sang.

M. de Pinamonte n'arrêtait pas de babiller. Je n'entreprendrai point de dépeindre la fougue délirante de son discours, ni la véhémence de sa gesticulation. Malgré qu'il n'y eût que fort peu de suite à ce verbiage et que je ne lui prêtasse qu'une oreille distraite, je ne laissais pas que de ressentir, en l'écoutant, un certain plaisir mêlé d'angoisse ; car, détachés même de leur sens, les mots et les inflexions caressaient mon esprit tout de même qu'eussent fait les sons d'un vieux chant entendu jadis au pays de l'enfance. Mon singulier compagnon m'inspirait l'intérêt le plus vif. Je reconnus en lui un de ces petits-maîtres quelque peu maniaques qui s'observent moins aux miroirs que dans l'idée qu'ils ont d'eux-mêmes ; race secrète et fantasque, mais d'un commerce sûr ; car son orgueil est le premier garant de sa sincérité. Celui-là, pensai-je, s'aime trop pour ne m'apparaître pas tel que la vie l'a fait. S'il ment, c'est pour coqueter avec soi-même ; car il estime certainement toute vérité assez bonne pour qui l'écoute. Je pris garde aussi que sa très haute naissance lui était un sujet de poétiques rêveries bien plus qu'un fait réel dont il jugeât possible de tirer vanité. Le singulier de son esprit me rappelait la grâce fascinante et répulsive du serpent ; mais l'ensemble de sa personne me faisait surtout songer à ces grands corbeaux de mon pays qui sont ensemble hideux et beaux, comiques et sinistres. Deux petits plis de tendresse se jouaient aux coins de sa grande bouche flexible et mobile à l'excès, mêlant quelque douceur à l'âpreté de sa longue face saccagée et éteinte.

Sentimental conscient et raisonneur, vicieux par dégoût du monde plutôt que de nature, tel m'apparut mon grand diable d'Anthisthène au moral. La nonchalance de sa mise quelque peu poudreuse et chiffonnée s'harmonisait à merveille tant avec la laideur singulièrement attrayante de son visage qu'avec les mouvements tour à tour indolents ou brusques de son long corps dégingandé ; à cause, peut-être, que la négligence dédaigneuse que je surprenais à son équipage se laissait deviner consciente sans néanmoins rien perdre de son naturel. Les plis d'un vêtement sont parfois le prolongement de certaines rides du visage ; ceux que je considérais à l'habit du Napolitain me paraissaient être l'expression d'un désabusement moral bien plutôt que la marque d'une lassitude corporelle.

M. de Pinamonte était vêtu à la façon de ceux qui trop longtemps vivent à l'écart avec leur âme. J'examinai les culottes de soie noire et lâche de mon original, sa perruque sans poudre, sa veste à la mode de l'autre siècle, son jabot désenchanté, et j'eus l'impression de m'être brusquement éveillé dans un monde inconnu, gouverné par le seul sentiment et ennemi de la morose et stérile raison humaine. Toutes les particularités du bizarre personnage : son regard aimantin de rongeur nocturne ; sa voix enrouillée de vieux coq de clocher ; le parchemin craquelé de sa longue face tranchante ; sa mélancolie bouffonne et grimacière ; sa démarche enfin qui du solennel passait soudain au trottinant ; et tout le reste ! et jusqu'à cette façon impertinente de se tapoter les joues avec la chauve-souris morte d'un gant de daim moite et chiffonné ; oui, tous les détails de la singulière figure se fondaient en une sorte d'harmonie du biscornu, en une façon d'ensemble incohérent qui laissait deviner, sous la versatilité de pensée et d'humeur, une remarquable unité de sentiments.

Mes yeux ne quittaient guère l'infatigable babillard ; toutefois, en dépit de la grande clarté qui déjà baignait les choses d'alentour, le comte-duc paraissait se vouloir dérober à mon observation ; comme que je fisse, il demeurait énigmatique et vague à ma vue intérieure ; je l'examinais à travers la brume ténue mais profonde des rêves et des sentiments que sa présence réveillait au tréfonds de mon être ; il ressemblait aux araignées muettes que l'on considère à travers le rayonnement de leur toile, aux animaux d'aquarium se nourrissant de silence dans la buée de leur propre mystère extériorisé. Son babillage, loin de livrer son âme, semblait faire un masque à sa pensée. Il se grisait de paroles oiseuses comme d'autres infortunés s'enivrent de boissons. Tout son être respirait la hâte, l'inquiétude ; sa démarche n'était pas moins vive que son discours et j'avais peine à régler mon pas sur le sien. Automate muet, je le suivais presque en courant par les ruelles désertes. Je n'avais rien à demander et je n'avais rien à répondre ; j'étais dans l'état d'un homme que le sommeil vient de quitter et qui attend l'éclaircissement d'un grand mystère.

Accroupie sur les marches d'une église, une petite gueusante nous implora de ses yeux d'étique et, présentant sa sébile, sollicita l'aumône : Antisthène aussitôt, interrompant sa marche capricante, tira de son gousset une bourse effilochée d'avare et, glissant un écu dans le gobelet vide, murmura à l'oreille de l'enfant quelques paroles qui me firent tout l'effet d'être une proposition suspecte. Un hoquet de vin et de dégoût me monta aux lèvres. Le soleil anxieux et vide de l'insomnie grelottait misérablement sur le pavé boueux.

Outré des façons de mon original, je fis mine de m'en vouloir séparer et portai la main à mon chapeau. Mais Pinamonte, tout secoué d'un rire soudain et me retenant par le bras :

«C'était pour vous éprouver ! Ah ! d'honneur, chevalier, le curieux homme que vous faites là ! Je vous eusse cru plus désabusé des choses de ce monde ; seriez-vous donc autre chose qu'un survivant par esprit de vengeance ? Parlez-moi vrai ; car, apprenez-le, le parricide, l'inceste, le viol, l'incendie et le poison sommeillent dans le plus ingénu, dans le plus inoffensif des mensonges.»

À cet endroit, l'extravagant accentua sa diabolique péroraison d'un claquement humide et sonore de sa langue, en même temps que d'un clignement important et burlesque des yeux et de toute sa face,

il donnait à entendre que lui seul, Sassolo Sinibaldo, comte Pinamonte et treizième duc de Brettinoro, s'était haussé à cette connaissance lamentable du cœur et de l'esprit de l'homme. Je regardai avec surprise et non sans une sorte de sympathie effarouchée le vieux ressasseur qui maintenant levait vers l'azur du matin un index sévère et facétieux d'apôtre ; et tout à coup je fis un éclat de rire dont l'enfantine fraîcheur étonna mes oreilles. Loin toutefois de s'offenser d'un si brusque accès de gaîté, Antisthène lui fit écho de la façon la plus franche et la plus gracieuse du monde ; de sorte que nous poursuivîmes joyeusement et bras dessus bras dessous notre chemin. « Daignerez-vous honorer de votre présence mes modestes pénates ? » Puis, surprenant sans doute dans mes yeux l'éclair d'une irrésolution :

«Rassurez-vous, chevalier ; j'habite l'hôtel familial des Brettinoro, situé dans un quartier paisible et retiré ; ma vieille maison est pleine de choses assoupies et discrètes et vous ne courez aucun risque, ce me semble, de vous y sentir étranger. Tout en prenant le café nous deviserons de ce qui bon vous semblera ; les mille jolités qui meublent mon logis sauront bien nous offrir quelque sujet d'entretien de votre goût. Je me sens porté vers vous par une sympathie obscure encore, certes, mais dont nous ne pouvons manquer de découvrir, tôt ou tard, la raison. Vos regards me parlent des plus chers moments de ma vie passée. Par Caïn dans les taches de la lune ! Où donc les ai-je déjà vus, ces yeux qui semblent n'avoir jamais contemplé l'horrible nudité de la vie ?

Que de choses j'aurais à vous dire ! Ah ! mignonne ensorceleuse, concubine du Diavolo ! Tant d'années perdues, tant d'illusions tuées ! Ô mon amour ! Ô le plus venimeux des reptiles de l'enfer ! » — « Eh ! quoi ! s'écriait-il soudain, étendant le bras vers une vieille maison seigneuriale à moitié ensevelie sous un riche feuillage d'automne ; le hasard vous a guidé vers ma demeure ; car l'agréable ruine que voici porte le nom pompeux de palais Brettinoro. Un instant, un seul, et je suis tout à vous, corps et âme, Monsieur le chevalier ! »

Tout en parlant, mon Antisthène s'était insensiblement éloigné de quelques pas, et maintenant je l'apercevais qui, levant bien haut, à la façon des chiens, une jambe décharnée d'ancien maître de danse, arrosait en toute hâte le mur lépreux de son jardin. Je levai les yeux. Les fenêtres de l'hôtel Brettinoro me firent songer à des regards voilés d'une taie mortelle. Un polisson avait tracé à la craie, au beau milieu de la principale porte, la courbe audacieuse d'une nature de Titan. Mon regard erra distraitement sur la sombre façade dont la vue donnait froid au cœur. Je murmurai, dans un soupir, le nom de ma morte de Vercelli. L'heure était fraîche et frémissante ; néanmoins, toutes choses me semblaient noyées dans la buée d'une mélancolie sans fin qui, suivant mon ombre en tous lieux, m'accablait de longue main d'une sensation d'extrême vieillesse et d'insupportable abandon. Une guimbarde souffreteuse miaulait, dans l'éloignement, la romance d'une Italie à jamais disparue. C'était la voix du passé, de l'oubli et de la solitude, certes ; mais c'était une voix encore ; et mon amie plaintive de Vercelli n'était plus, depuis dix ans, que la Lointaine d'une contrée inhospitalière à l'écho.

J'aspirai non sans quelque attendrissement, dans le vestibule délabré de l'hôtel Brettinoro, la première bouffée d'air méphitique qui m'y saisit à la gorge. L'odeur moussue et somnolente des vieilles demeures est la même en tous pays, et fort souvent, dans le cours de mes solitaires pèlerinages aux lieux saints du souvenir et de la nostalgie, m'avait-il suffi de fermer les yeux dans quelque logis ancien pour me reporter aussitôt à la sombre maison de mes ancêtres danois et pour revivre de la sorte, en l'espace d'un instant, toutes les joies et toutes les tristesses d'une enfance accoutumée à l'odeur tendre si pleine de pluie et de crépuscule des antiques demeures.

Oubliant la présence de l'ironique Antisthène, je me laissai donc, une fois de plus, succomber à la tentation d'évoquer le charme obscur des jours enfuis ; et, fermant les yeux, je humai amoureusement la moisissure dormante du palais. Ce mouvement, qui m'avait toujours paru n'avoir en soi rien que de fort naturel, eut néanmoins pour effet de désopiler outre mesure la rate de mon hôte ; car ce diable d'Antisthène se prit aussitôt à rire, éternuer, tousser et cracher tout ensemble, à l'indignation grande d'un trio de faquins minables et caducs, apparus à l'improviste en chemises d'hôpital et culottes de livrée élimées.

« Avant que de vous faire passer en revue, selon l'antique usage, les portraits de famille qui peuplent cet affreux logis, souffrez, Monsieur le chevalier, que je vous présente les marauds éhontés que voici ; car ils me sont, à coup sûr, moins étrangers que les figures sottes ou patibulaires qui ornent les murs de ma maison. Voici donc Giovanni, Francesco et Pietro, serviteurs dignes des meilleurs modèles de l'autre siècle. Tout en rapportant fidèlement à mon coquardeau de père les cailletages des rues et des boutiques, ils se gardaient bien d'évoquer en sa présence certains ébats nocturnes où les dames de notre maison leur donnaient la réplique ; de sorte qu'ils me paraissent bien mériter les soins et les honneurs dont le rejeton de leurs anciens maîtres environne leur vieillesse. »

Impassible autant que lamentable, la livrée ne daigna répondre aux pasquinades du barbon que par un grand salut plein de grâce sévère ; ensuite de quoi elle se retira cérémonieusement à reculons. Cette belle gravité, si pleine de muet reproche, ne laissa pas de produire l'effet que j'en attendais, savoir, un revirement brusque dans l'esprit de mon hôte ; car j'avais déjà tous les sujets du monde de penser que l'exubérance facétieuse du comte-duc n'était rien moins que son humeur naturelle ; dès la première vue, j'avais deviné, dans mon original, un pauvre esprit mélancolique et timoré. Sitôt donc que la porte se fut refermée sur ses gens, M. de Pinamonte laissa paraître tout le trouble dont il était agité. Baissant les yeux, se frottant rageusement les tempes, toussant, soufflant et maugréant dans le même temps, il m'entraîna dans la galerie des ancêtres ; et là, le premier qui eut la malchance de s'offrir à notre vue reçut aussitôt, en pleine armure, toute la mitraille de breloques, de clefs, de monnaies et de tabatières qui gonflait outre mesure les poches de son irascible et timide rejeton. Tout étonné sans doute du haut fait d'armes qu'il venait d'accomplir, le dernier des Brettinoro, soudain rapaisé, pirouetta de fort galante façon et se prit, de l'air le plus calme du monde, à me conter l'histoire de l'ancêtre dont il venait d'outrager la face abasourdie et martiale.

Je ne prêtai qu'une oreille distraite à l'éloquence de mon ami de hasard. Une toile reléguée dans l'angle le plus obscur de la galerie venait de solliciter mon attention. C'était un portrait de jeune femme, dont le regard chargé de mélancolie eut tôt fait de raviver dans mon cœur le plus cruel des souvenirs.

« Et celui que vous voyez là », poursuivait ce bourreau d'Antisthène, « mais que diantre regardez-vous donc, chevalier ? Là, là, cette longue et livide figure de pénitent, ce Satan cardinalisé, c'est Lotto Pinamonte le Fourbe, qui fit goûter à son père Lorenzo des fruits du Frère Albéric. La belle dame que vous apercevez plus loin fut Adélasia Brettinoro, l'amoureuse dont les dents jalouses ne se lassaient point de repeupler la confrérie d'Abeilard ; et voici Ezzelino de Guidoguerra, surnommé le Libicocco, celui-là même qui jugea galant, par un beau soir d'été, de dévorer, dans la fureur de l'inceste, le cœur de sa propre fille Geritucca. »

J'avais beau jouer l'attention et simuler l'intérêt ou la crédulité ; l'indifférence du coup d'œil que j'accordais de temps en temps, par pure courtoisie, aux malfaiteurs de la maison Brettinoro n'échappait point au regard vigilant de leur sagace rejeton.

« Rien ne se laisse si aisément pénétrer, me dit-il en riant, que la raison d'une tristesse sans cause. Toutefois, que cela ne vous trouble, monsieur mon ami ; car je n'ai pas la plus faible envie de railler une distraction qui témoigne si bien de la sûreté de votre goût. Le portrait qui vous fascine porte la signature extrêmement rare de Sassolo Sinibaldo Pinamonte ; quant à la jeune dame dont il s'honore de vous faire connaître la beauté, apprenez qu'elle fut une puissante et perfide magicienne dont l'histoire, mélancolique autant que graveleuse, ne saurait manquer, tantôt, de faire vos délices. Cependant, continua-t-il en se frappant le front de l'air d'un inspiré, une excellente idée se présente à mon esprit, une idée lumineuse, je dirai même divine ; eh oui, par le Diavolo ! divine... Giovanni va sur-le-champ dresser une petite table dans cette galerie même, et, tout en réparant nos forces énervées par les aventures amoureuses ou bachiques de cette nuit, nous évoquerons, devant le portrait de l'ensorceleuse Manto, le charme des illusions mortes et des espoirs ensevelis. Ce sera, foi de Brettinoro ! lugubre, folâtre et délicieux. Je cours, je vole donner les ordres nécessaires. »

Et déjà l'infatigable babillard, donnant jeu aux ressorts impatients de ses longues jambes galantes, disparaissait comme par enchantement dans les remous d'une tapisserie ancienne dont le sursaut m'aveuglait d'une poudreuse averse de momies de taons et de toiles d'araignées.

Je n'entreprendrai point de décrire le trouble qui m'envahit à l'instant où, m'approchant de l'ensorceleuse, je crus reconnaître à son visage les larges yeux en flamme de parfum de celle qui avait été mon âme et qui, depuis dix ans, dormait sous les cyprès lointains de Vercelli. J'abandonne au lecteur le soin de se représenter ma douloureuse surprise. Pour peu qu'il ait l'âme sensible, ce lui sera sans doute chose des plus aisées ; car les soupirs auxquels je donnai cours en cette occasion ressemblent de tout point aux plaintes qu'il n'eût pas manqué d'exhaler lui-même en une occurrence analogue. Passé le premier saisissement, je m'efforçai de regagner quelque empire sur mes sens, et détachant mon regard des yeux troublants de la magicienne, je considérai avec attention l'ensemble de sa personne.

Amené de la sorte à reconnaître qu'elle m'était parfaitement étrangère dans toutes ses parties, je ne tardai pas d'éprouver un certain désenchantement à l'examen de telles de ses disproportions. La courbe audacieuse du menton ne s'harmonisait guère avec l'émaciation quasi surnaturelle de l'inconnue ; les lignes singulièrement enchevêtrées des oreilles longues et fuyantes prêtaient à sa physionomie je ne sais quelle expression bizarre, anxieuse et sauvage d'animal blotti à l'ombre des écoutes ; quant au pli douloureux et cruel de la lèvre inférieure, j'y crus reconnaître, tout de même que sur le front bas et ténébreux, l'aveu des plus redoutables instincts et l'empreinte des pires souvenances.

Entièrement revenu maintenant de mon trouble, j'écartai d'une des hautes fenêtres de la galerie le rideau poussiéreux qui en tamisait la lumière, et je ne pus réprimer une exclamation de surprise en revoyant au grand jour ce qui ne s'était jusqu'alors offert à ma vue qu'estompé d'artificiel crépuscule. Outre que la naïveté du dessin y rappelait certains portraits de cousines et de gouvernantes dont les grimauds des écoles se plaisent, par amour ou par moquerie, à illustrer leurs cahiers, il y avait, dans le chef-d'œuvre informe de M. de Pinamonte, une orgie de couleurs absurde et maladroite à tel point qu'elle me parut passer en extravagance les plus burlesques imaginations des barbouilleurs d'idoles asiatiques. Quelque défavorable, cependant, que fût au pauvre portrait cette brusque irruption du jour, je dus reconnaître qu'elle n'avait point altéré le merveilleux éclat des grands yeux fées. Mon regard plein d'amour replongea dans le mystère divin de ce vieux ciel brûlé de clartés inconnues ; mon âme à nouveau défaillante s'abandonna toute aux attraits pervers de ces prunelles trop fixes et trop grandes ; si bien que j'eus toutes les peines du monde à réprimer, au bord de mes lèvres, l'appel que mon cœur envoyait au mirage d'une passion depuis longtemps ensevelie. Un souffle puissant comme d'un grand vent d'automne, tourbillon de vieilles paroles et de noms plus morts que les feuilles mortes, s'élevait dans mon esprit et, chassant les brumes d'un oubli mensonger qui me dérobait la vue de ma propre âme, dévoilait aux yeux du souvenir l'image de l'antique cité marine où j'avais eu la joie et la terreur de connaître l'incarnation même de ma félicité et de mon infortune.

Pâle d'une pâleur de moribond assoupi, l'eau silencieuse des canaux réfléchissait la torpeur d'une ville de palais déserts et de temples abandonnés. Zéphyr balançait mollement, aux balcons fleuris de rouille, les jardins de lianes pensives, noyant aux miroirs ternis la traîne jaunissante de leurs robes de fées. Sur toute la cité de vision planait, en finale de mélodie de rêve, un silence plus irréel que le tintement d'oreilles des fiévreux. La ville que j'avais aimée jeune et joyeuse était morte avec la jeunesse et la joie de mon cœur. Je reconnus le palais ducal où le régent de S... m'avait présenté à la plus douce des belles. Les portes étaient condamnées, les lichens rongeurs avaient envahi les marches disjointes des perrons, l'eau verte des rios noyait les seuils, l'arc-en-ciel brûlé des soleils anciens miroitait en couleurs de poison aux grandes fenêtres indifférentes. J'interrogeais en vain les quatre horizons ; le silence, le crépuscule et l'oubli s'étaient établis en maîtres absolus en tous lieux.

Un bruit de pas vint rompre le charme de l'évocation à l'instant même où je m'abandonnais tout entier à l'étrange bizarrerie qui nous incite à rechercher, parmi les douleurs du passé, quelque dérivatif à l'ennui du présent.

« Sur mon âme, chevalier, l'air de mécontentement répandu sur votre visage me dispense de toutes excuses. Je vous en devais pour ma trop longue absence ; mais je me garderai bien de vous en faire au sujet de la brusque interruption de votre colloque avec Manto. J'ai quelque droit de me montrer jaloux de la belle ensorceleuse ; et je tremblais, en outre, de vous laisser trop longtemps tête-à-tête avec elle ; car la dame est dangereuse, même en peinture. — Et vous, rigides serviteurs d'une maison déchue — continua le badin, se tournant vers les tristes momies ployées sous leur fardeau de tables et de chaises —, vous, vénérables faquins demeurés fidèles aux sentiments de jadis, et partant supérieurs aux puissants du siècle, faites en sorte que votre hôte illustrissime soit servi comme au temps des vrais Brettinoro, et décampez ensuite comme si l'âge d'or des étrivières ne menaçait point de s'évanouir à jamais. »

Sitôt que la table fut dressée, le comte-duc m'invita à y prendre place et nous attaquâmes de grand cœur une fort alléchante collation de café, de biscottes et de condit.

« Vous allez, parle Diavolo, Monsieur le chevalier, entendre le récit d'une aventure que j'ai su, contre mon penchant aux confessions importunes, tenir absolument secrète jusqu'à ce jour. L'ensorceleuse que voici en fut la cruelle héroïne, et moi qui vous la rapporte, je rougis d'en avoir été la victime ensemble ridicule et déplorable. J'ai depuis quelques heures à peine l'honneur de vous connaître ; toutefois, les moindres particularités de votre personne me révèlent le confident que ma pénible discrétion attend depuis tant d'années. Je veux vous ouvrir de la façon la plus simple du monde mon cœur — un bien pauvre cœur, foi de Brettinoro ! — et je n'espère en retour qu'un brin d'indulgence envers une histoire dont tout autre que vous réprouverait, sans doute, et la sentimentalité surannée et le romanesque ensemble graveleux et ingénu. »

Le comte-duc fit à cet endroit une pause un peu longue qu'il employa à toussoter à la façon des précieuses, à se moucher éperdument et à crachoter d'un petit air rêveur dans la direction du portrait enchanté.

Je considérais le bizarre narrateur avec une surprise sans cesse croissante. L'écervelé barbon avait jugé plaisant de dissimuler son habit de ville sous les plis amples et bruissants d'une robe sang de bœuf qui relevait de tragique façon la lividité surnaturelle de son visage. Une toque de velours, fort semblable à la coiffure des macaques de la foire ; une paire de babouches du Levant fleuries et surdorées ; des gants lâches et poudreux de cardinal ancien ; enfin un mouchoir de soie d'Arménie, tout humide d'éternuements de priseur, complétait le bizarre équipage de mon hôte. L'attitude de M. de Pinamonte trahissait l'angoisse du narrateur qui, en évoquant quelque drame du passé, s'étonne secrètement d'en avoir été le héros. Des plis rugueux et profonds tourmentaient la face orageuse et coriace de mon carême-prenant ; et une petite larme, perdue dans le tissu effilé de ses rides, tremblotait piteusement, telle une goutte de rosée prise au piège sinistre de quelque aragne desséchée des vieux jours.

« Connaissez-vous Venise la Belle, la Tendre, la Singulière, Monsieur le chevalier ? Par Caïn ! La question n'a point d'autre excuse que de venir du plus écervelé des humains. Eh oui, vous connaissez la ville des plus beaux rêves et des pires réveils. Je gagerais que vos séjours y furent aussi délicieusement tourmentés que les miens et que le souvenir que vous en avez gardé porte la même teinte de mélancolie que les confidences que vous allez entendre. J'ai toujours raffolé de l'animation factice et de la gaîté fébrile de cette cité mourante et carnavalesque. L'amour y dissimule sa face sous un masque et le goût de l'aventure s'y entoure volontiers de mystère ; à cause que le vice, la démence et la décrépitude redoutent la clarté du jour. Quelque singulières que vous puissent apparaître mes aventures, le simple fait d'avoir eu la reine de l'Adriatique pour théâtre en atténuera à vos yeux le côté importun et risible. Chaque pays, chaque ville a une atmosphère spirituelle en propre et rien ne se laisse si aisément modifier par l'ambiance que notre façon de juger et d'agir. Je loue donc mon aventure d'avoir été un roman vénitien ; car, si elle me fût arrivée en quelque contrée moins propice au fantasque, je n'aurais, pour dire le vrai, rien de moins pressé aujourd'hui que de vous en faire la relation.

« De ma vie, je n'aurais que fort peu de chose à vous dire. Mon enfance n'a pas connu l'amour ; ma jeunesse n'a point goûté aux doux fruits de la passion ; et, aux portes de la vieillesse, l'âge mûr m'a quitté sans me laisser le souvenir d'une amitié. Je n'ai jamais connu d'autre souci que de combler avec mille extravagances la place que l'amour laissait vide en mon cœur ; car les lieux où la tendresse dédaigne de s'arrêter sont visités par les plaies du mensonge, de la folie et de l'horreur. Ma volupté même n'a jamais été autre chose qu'un dérèglement de l'imagination. Mon sang amer et douloureux a charrié longtemps l'immondice romaine et la cendre de Sodome. Cruellement dupé dans ma recherche de l'amour pur, je me vengeais de mon âme en polluant mon corps. L'ignominie de ma luxure coula sur la chair de l'enfant, comme dégoutte de la fleur la bave horrible des limaces d'octobre. J'ai cherché l'amour partout où j'avais quelque espoir de le trouver ; et je demeurais solitaire au milieu d'une foule d'aveugles et de sourds.

Comme tous les voyageurs j'ai eu, néanmoins, mille aventures vulgaires de Cour, de coche et d'auberge.

« J'ai lu la légende de la cupidité, de la sottise et de l'hypocrisie dans les plus beaux yeux de l'Europe. Mon cœur était vide, mon âme était flétrie. Je ne me suis jamais connu d'autre courage que celui de l'avilissement ; en dehors du vice, j'étais la timidité même. Je n'adressais qu'en tremblant la parole aux filles que j'outrageais quelque temps après de la façon la plus brutale et la moins naturelle du monde. Les rêves de l'ambition ne m'ont jamais tourmenté ; j'étais inapte à concevoir bonheur, gloire ou grandeur en dehors de l'amour. Fort pauvre d'esprit d'ordre et de suite, insoucieux des affaires, je passais sans cesse de la dissipation à la lésine, pensant réparer par celle-ci les fautes de celle-là ; et tel qui vendredi m'avait connu panier percé, s'étonnait de me retrouver fesse-mathieu dimanche. Ma mélancolie a toujours été profonde ; la fuite des instants me glaçait le cœur.

« L'un des plus tristes effets de la préséance que nous accordons à la raison est de nous détourner du sentiment profond des choses éternelles et de nous abandonner ainsi aux affres engendrées par l'idée absolument fausse que nous avons du temps. Est-il pire aberration que de mesurer le divin par le moyen de l'aune prescrite à nos pas dans ce monde ? Qu'est-ce donc qu'un accommodement entre la nécessité de l'adoration et l'idée de la fin ? Qu'est-ce enfin qu'un amour passé ou un amour futur ? La difficulté d'aimer vraiment ce qui est humain a créé une possibilité de douter de l'universel amour ; nos éphémères attachements empoisonnés de mensonge nous ont enseigné à chercher des bornes au Saana illimité de la Tendresse ; et, de la sorte, du temps nous avons fait une réalité et de l'amour un rêve. Ô faiblesse de l'esprit ! Ô vulgarité du cœur ! Nous avons appris à nous passer de l'amour véritable. Or vivre sans amour, c'est végéter dans l'ignorance de l'éternel, et c'est ruminer sottement, au sein même de la très belle et très passionnée réalité, la complainte sacrilège du temps trop court dans la joie et trop long dans l'adversité. Créatures élues de l'amour, maîtres des choses éternelles, nous avons fait de notre puissante vie deux parts stériles et maussades, dont nous employons l'une à tuer le présent et l'autre à pleurer le passé ; et voilà comment des êtres destinés à l'exultation de l'amour arrivent au bord de la tombe sans jamais avoir connu autre chose, de leur stage préparatoire sur cette terre, que l'ennui et le regret.

« Souffrez, Monsieur le chevalier, que je m'étende un peu sur des misères qui ne furent considérées que trop rarement du point de vue où je me place. Au reste, je me pique de vous en pouvoir parler en parfaite connaissance de cause ; car je n'ai point rencontré de mélancolique à Bedlam même qui se pût flatter d'en avoir souffert autant que moi. Ma vie entière n'a été, somme toute, qu'une longue maladie de l'arbre du temps ; un de ces champignons plus durs que pierre qui font une bosse de moisissure aux tendres saules pleureurs amis de la lune et de l'eau. À ce mal satanique il n'est pas de remède en dehors de l'amour ; mon amour, malheureusement, m'a rencontré trop tard et n'a jamais su extirper de ma moelle la racine vorace et cuisante de ma folie. Je fus le plus habile des destructeurs d'espérances, en même temps que le plus sincère des créateurs de regrets ; ce qui est n'avait point d'autre raison d'être, à mes yeux, que de cesser d'être quelque jour, et cela le plus tôt possible, afin de fournir à mon âme une occasion de se lamenter.

« Partout sur mon passage la splendeur de la vie éclatait comme ces grands aloès ivres de chaleur qui pointent vers le soleil la flèche de leur fleur guerrière ; la mer et le ciel se rencontraient à mes pieds comme le temps se noue au temps dans le cri de l'amour ; sur le rivage de l'éternité, des corps puissants se tordaient dans le soleil, des corps tragiques et doux, des corps immortels comme les nombres et comme les rythmes, et dont le gémissement de désir ressemblait au cri de quelque grand effroi mystique ; la terre entière présentait à ma vue l'apparence d'une table surchargée pour la nuit des noces ; on n'attendait plus que l'amant ; et Pinamonte passait furtivement, la bouche tordue d'ironies mensongères, le cœur dévoré des fiels de méfiance. Au lieu de rechercher l'amour immortel dans les jardins pleins de fleurs, de soleil et de voix, je dirigeais ma course fastidieuse vers les plus tristes lieux de ce monde ; vers les forêts croupissantes des contrées baltiques ; vers les villes de province de l'extravagante et malheureuse Pologne ; vers les petits ports anglais, stagnants et crépusculaires ; vers certains villages d'Italie, vieux et vides, sans histoire et sans avenir ; vers les faubourgs lamentables de Londres et de Paris ; vers... hélas ! chevalier, vers tous les lieux avilis par le mensonge de la tristesse, de la laideur et de la mort ; vers tous les coins sinistres où l'on s'étonne de ne découvrir point le tombeau de quelque ami perdu de vue depuis des années...

« Je quitte la place bigarrée où les luisantes fontaines répandent leur fraîcheur, où les rondes d'enfants tournoient dans le soleil vaporeux de l'après-midi, et je m'engage dans quelque ruelle odorante, enfiévrée, secouée du frisson des ombres glacées et bleuissantes. Je soupire : "Par le ciel et l'enfer ! Que la vie est vide, que le temps est long !" Ce ne sont partout que murailles lépreuses, que fenêtres teintées de lie de pluie ou d'arc-en-ciel de l'autre siècle ; que cheminées couronnées de fumées âcres et paresseuses, aux odeurs mélangées de chair humaine et de graisse de reptile. Un ciel de chemises se balance au-dessus de ma tête ; linges mélancoliques et pestiférés, d'un blanc de lèpre, d'un bleu, de mal caduc, d'un jaune de foire, de pissat ou d'ictère ; linges vides de pendus, mais pleins de vermine noyée...

« Je m'avance au milieu d'un grouillement d'enfants maigres et contrefaits ; tels d'entre eux nettoient dans les eaux de vaisselle leurs pauvres pieds chaussés d'une crasse squameuse ; d'autres se pouillent à la façon des babouins ; et plus loin, à l'ombre des portes, derrière des amas de caisses démembrées et de barriques vides, des fillettes dévoilent à leurs compagnons de jeu les secrets titillants et malpropres d'une chair précoce.

« Le cœur et la pensée loin, bien loin de ces choses et de moi-même, je continue ma singulière promenade à travers un cauchemar de misère et de laideur, de stupres et d'excréments. Et voici que mon regard est attiré par le jeu d'un rayon sur quelque colonne ou seuil d'église. J'interromps aussitôt ma marche, mon regard s'attache à la vieille pierre chauffée de clartés de jadis ; le fantôme de "ce qui aurait pu être et n'a pas été" apparaît dans le soleil vieillot et me regarde longuement, longuement, dans le point étincelant de mes yeux. "Je suis celle que tu aimas dans les siècles passés, dans le temps sans nom", chantonne le pur fantôme. "Je suis celle qui foula, certain jour, les mêmes marches, au son des mêmes cloches, dans le temps à jamais perdu... La fille apprivoisée des eaux, des hautes herbes et des ombrages du duché de Brettinoro ; la sœur de ton adolescence ! Les mêmes marches, les mêmes cloches. En dépit de la mort, et du dégoût, et du désespoir ! La ville était si joyeuse alors, t'en souvient-il ? Les fiers chevaux, les grands carrosses de l'autre siècle, les soies lunaires, les senteurs nébuleuses. Et des amours dans nos âmes, douces comme des miroirs du temps défunt, mystérieuses comme l'odeur des nymphéas, pures et tièdes comme le mufle baveux et tendre d'une vache ! Je suis morte, ô Sassolo, ô Sinibaldo ! Je suis morte depuis les temps. Le monde s'écroulera, les astres s'éteindront, la mémoire de ces âges s'effacera à son tour ; et moi, moi je ne reviendrai jamais vivante ; tu ne verras jamais ma chair, tu n'en boiras jamais ni la volupté ni les pleurs. Le bonheur est mort ; tout n'est que poussière, tout n'est que cendre ! Que fais-tu là tout seul, ombre de toi-même, au sein d'une ville ruinée ? Que fais-tu là, Guidoguerra ? Qui te plaint, qui t'aime, qui t'attend ? Je suis morte et tu es seul, horriblement seul. Est-ce le courage de mourir qui te fait défaut ? Qui t'attend à ton logis ? Est-ce la solitude, est-ce la laideur des choses, est-ce la longue insomnie ? Hélas ! le temps a tout mangé ; le temps est plus patient que le ver et plus long que la tombe. Tout a été détruit ; seul le temps est matière ; seul le temps est Dieu."

« La voix faiblit, s'éloigne, s'évanouit. Un grand silence descend sur mon cœur. Je regarde à droite, à gauche ; personne. Les premières lampes s'allument ; c'est l'heure paisible de la soupe et du pain de la misère. Seul, Pinamonte ! Te voici seul au milieu d'une ville inconnue, seul, tout seul, loin de tous et de toi-même ; car ce soi-même est inconnu aux pauvres d'amour.

« Allons, vieilles jambes de vagabond, en avant ! Allons, vieux os, vieilles semelles, vieille ombre sur le pavé boueux ! Les seuils des temples ne nous sont pas favorables ; ce qu'il nous faut, à nous, c'est le silence et l'ombre des petits coins malodorants et limoneux des impasses en putréfaction... Voici, là, à droite, le lieu où nous pourrons attendre l'achèvement des temps. — Et mon regard, Monsieur le chevalier, se repose avec amour sur un coin de mur empesté.

« "Ha, Pinamonte, mendiant d'amour, voici le tombeau pisseux et moussu qu'il vous faut. Asseyez-vous entre ces deux tas d'enfants, sur ce monticule de vieux légumes et de balayures, et collez à la muraille galeuse votre dos pétrifié de reptile ! Respirez longuement le souffle pestilentiel de cette nuit qui ne promet pas de demain ! Vous voici ordure au sein de l'ordure, excrément parmi les excréments ! Qu'une fenêtre de taudis maintenant s'entrouvre ; qu'un vase répande sa bénédiction sur votre tête de fou raisonneur, et ce sera le digne couronnement de votre œuvre et de votre destin. Ha, jambes galantes de ruelle et de cour ! Voici un abri pour la nuit. Laissons le temps courir, laissons-le mourir... Nous ne cherchons plus rien ; l'Amour est mort ; seul le Temps est matière, seul le Temps est réalité. Dormons, dormons en paix dans le cloaque des générations, fidèle image d'un monde ennemi de l'Amour. Attendons la fin des temps, mon âme ; et qu'après notre mort l'ordure s'amoncelle sur nous et que ce soit là notre tombe, notre oubli et notre éternité."

« Que de nuits de ce genre j'abrite en ma mémoire ! Que de nuits de solitaire, d'abandonné ! Même il me souvient de m'être éveillé une fois, sur l'ordure et sous la bruine, à demi étranglé par un grand diable de guet pris de vin... Ah ! chevalier, je vous fais là de moi-même un singulier portrait ! Pour l'achever en quelques traits rapides, permettez-moi d'ajouter ce détail encore : j'étais ce que l'on appelle un imaginatif ; j'avais quelque teinture de lettres ; je maniais le vers aisément ; cependant, au milieu de mes harmonies, je ne distinguais aucune voix qui ressemblât aux accents de la passion. Tels de mes vers étaient riches de musique, tels autres de couleur ; mais il leur manquait à tous le battement tumultueux des grandes ailes de l'amour. Pour être bref, je n'ai jamais été autre chose qu'une médiocrité agrémentée de quelque bizarrerie ; et lorsque vous aurez ajouté à ma haine du mensonge et à mon dégoût du monde l'insupportable mépris où je tenais mon propre caractère, vous connaîtrez de façon certaine quels étaient, vers le temps de mon aventure, les principaux traits de ma nature morale.

« J'étais alors dans ma quarante-cinquième année. L'âme aigrie par les souvenirs tragiques d'une enfance des plus orageuses, le corps énervé par les insipides excès d'une jeunesse que les plaisirs impurs n'avaient su qu'à demi consoler de la perte des illusions d'arrêt d'amour ; vieilli avant l'âge par l'incessant combat que la haine du genre humain livrait en mon cœur à la crainte de la solitude, j'avais résolu d'aller finir mes jours dans quelque cité glorieuse et déchue dont l'atmosphère fût en harmonie avec mon propre déclin ; et mon choix tomba naturellement sur la merveilleuse capitale de la Vénétie.

« J'arrivai dans cette ville sur la fin du mois d'octobre. La soudaine sensation d'apaisement qui me pénétra à la vue des palais songeurs et des eaux assoupies me parut de fort bon augure pour mes ténébreux projets de loup-garou. Retraite paisible et vieillotte, nostalgie artificielle d'un passé historique, antérieur à celui dont le souvenir nous tourmente ; amitié, enfin, de quelques livres graves et d'une âme humble et fidèle, je ne connais point d'autres remèdes à la mélancolie. Tout fier de me voir mener à bonne fin mon héroïque résolution, je consacrai quelques jours à la visite des lieux chers à ma jeunesse ; ensuite de quoi j'allai frapper à la porte d'une antique maison, tapie au plus obscur d'un certain calle Barozzi, dont l'aspect sinistre m'avait déjà frappé lors d'un précédent séjour à Venise. J'aimais surtout la masure pour l'expression de maussaderie et d'hostilité que je pensais lire à ses fenêtres poudreuses et grillagées. Je me présentai à la vieille propriétaire bossue et lunatique. L'éloquence madrée de Giovanni ne laissa pas que de produire effet sur l'esprit de dame Gualdrada. La sorcière me céda son antre pour une somme des plus modiques, à la réserve de deux ou trois pièces fort retirées qui composaient, dans les combles, son appartement particulier ; et je m'installai aussitôt dans mon sinistre ermitage avec la ferme résolution de ne le quitter jamais pour aucun autre lieu de ce monde que l'enclos réservé aux morts. Hélas ! je comptais pour trop peu la faiblesse de mon cœur.

« Je goûtais depuis six mois les dangereuses douceurs de la réclusion et de la misanthropie, partageant mes loisirs, ou plutôt ma mélancolique oisiveté, entre le vide de la métaphysique et le néant de mes essais artistiques ou littéraires, lorsqu'un soir, affriandé par une tendre bouffée de brise molle d'avril, je me laissai succomber aux tentations du monde extérieur et descendis, avec le fidèle Giovanni, à l'obscure et silencieuse ruelle dont j'étais devenu l'invisible habitant.

« Je venais de faire quelques pas à peine sur le pavé délabré, quand tout à coup, du calle Scuola dei Fabbri, je vis déboucher la grotesque figure du prince Serge Labounoff, vieux compagnon de débauche du temps que je faisais la belle jambe à la Cour de la Sémiramis du Nord. Je m'étais sottement engoué, certaine nuit d'ébriété, de ce lourd bonhomme sans monde et sans talent ; et j'ai bien souvent maudit, depuis lors, l'importun hasard qui durant ma courte carrière de diplomate s'était plu à me le jeter dans les jambes à Londres, à Hambourg et à Paris. Me trouvant trop près du danger pour songer à prendre la fuite, je me résignai tristement à l'héroïsme et continuai mon chemin. D'abord qu'il m'aperçut, l'exubérant et replet boyard leva au ciel, à plusieurs reprises, ses bras rondelets de nourrice moscovite et me héla d'une voix de tonnerre par cinq ou six de mes noms, accompagnés d'autant de jurons et de crachements ; après quoi, me serrant sur son cœur et humectant mes joues de gros baisers avinés, flasques et retentissants, il me hurla tout contre l'oreille : "À l'aide, par Hercule et Labounoff, à l'aide ! Je me meurs d'amour, aimable Pinamonte ! Ah ! gardons-nous de troubler, par la vaine évocation d'une jeunesse sans charme, la joie d'une pareille rencontre ! Peste soit des jours envolés ! que l'âge les besogne ! Vive le présent ! et le plus longtemps qu'il sera possible ; car je meurs d'amour et aussi de soif !"

« Je me débattais désespérément dans l'étreinte du Scythe et le donnais à tous les diables ; toutefois, je dus reconnaître que le bourreau avait de fort bonnes raisons d'associer son nom à celui de sa divinité favorite ; car son bras de gladiateur nabot ne me fit grâce de sa fougueuse accolade qu'après qu'il m'eût fait asseoir de force sur la banquette crasseuse d'un bordel public où je dus, bon gré mal gré, et tout en sirotant des rogommes étranges, prêter aux érotiques divagations du Barbare une oreille plus assourdie qu'attentive.

« "C'est une magicienne, aimable petit Brettinoro ; une ensorceleuse, une Circé, une Manto, que la charmante qui m'en a donné dans l'aile. Elle laisse reposer sur mon visage son regard de Cynthie égarée au royaume des Ondines, et voilà ma gueuse d'âme qui me quitte, qui s'en va, qui s'enfuit je ne sais où, telle une somnambule. Ah ! fille de gourgandine ! La voyez-vous qui fuit, qui se dérobe, qui réapparaît à l'improviste ici, là, là-bas ? (Et, d'une main velue et gantée de joyaux barbares, le prince désignait un coin obscur où des marauds avinés caressaient à tour de rôle les appas pulpeux d'une Margot de carrefour.) Elle parle. Silence ! Elle parle. Silence, palsanguienne ! L'entendez-vous, mon tout aimable Pinamontino ? Elle parle : le français avec un accent d'outre-Rhin, l'italien avec de curieuses intonations rauques d'Espagne. Elle parle, vous dis-je. Et moi ? Ah ! pauvre de moi ! Je reste muet comme une tulipe, et je me contemple dans l'éclat de miroir fixé à la coiffe de mon clabaud, et je garde un silence amoureux et stupide. Car les mots perdent leur sens dans la barcarolle nocturne et lointaine de sa voix. Son âge ? Elle n'est pas de prime jeunesse — pour nous autres, s'entend ; dix-sept ans, dix-huit, vingt peut-être. Mais laissons cela. Nul ne saurait dire au juste qui elle est, moins encore d'où elle vient ; sa personne est des plus énigmatiques. Toutefois les portes des plus austères palais s'ouvrent devant ses pas comme par enchantement. Très belle ? Peut-être. Mais surtout délicieuse, exquise, suave. Et admirée de tous, et courtisée par les bachelettes elles-mêmes. Veuve d'un gentilhomme florentin ? Espagnole née en Irlande ? Elle l'assure, on le prétend ; je le veux croire. Bah ! Aventurière, aventurière, direz-vous. Soit. Admettons-le. Rien n'est même plus sûr. Mais que nous importe, par Hercule et Labounoff ! On la vit débarquer ici il y a quelque cinq ou six mois, en compagnie de son frère Alessandro, à peine plus âgé qu'elle. Un curieux personnage, par ma foi ! Gentilhomme aux façons d'adepte pipeur aux dés, au demeurant fort agréable de sa personne, trop agréable peut-être, car ses façons me font toujours songer aux minauderies des chevaliers de la Manchette. Mais, encore un coup, passons outre. Malgré que la friponne m'ait pris en gré et qu'elle paraisse avoir la dernière confiance en moi, elle met à couronner ma flamme une lenteur qui désespérerait tout autre que le vainqueur de Catherine. Or je n'en raffole que plus fort de la gracieuse enfant, de la toute belle colombe de gueuse ; et puisque nul en ce monde n'est tant de mes amis que vous, il faut absolument que je vous présente au charmant objet de ma braise. Vous verrez ses yeux. Ses yeux ! Vous souvient-il de nos nuits de lune à Windsor ? Vous retrouverez dans les yeux de ma déesse vos chères brumes pailletées de lune mystique, de lune folle d'amour. Il faut que je vous fasse connaître ses yeux. Il le faut ; je le veux. Ah ! vipère de colombe ! ah ! trop aimable drôlesse !"

« Je n'entreprendrai point de vous rapporter dans son entier le discours énamouré du prince. Cela me jetterait dans un détail qui n'aurait point de fin. L'éloquente fureur du ragot se prolongea fort avant dans la nuit, et je n'en sus activer l'épanchement qu'au prix d'une promesse formelle d'accompagner mon Moscovite à la fête que le vieux duc di B... donnait le lendemain pour la belle Manto, comtesse (ou pseudo-comtesse) de... par le Styx ! le nom m'échappe... Au surplus, que vous importe son nom, chevalier ? Ah ! j'y suis ! Annalena de Sulmerre ! Clarice-Annalena de Mérone de Sulmerre ! »

Au regard pénétrant que le comte-duc me jeta en prononçant le nom de l'ensorceleuse, je jugeai qu'il s'était attendu à quelque mouvement de surprise de ma part ; toutefois, j'avais pressenti cet endroit épineux de la confidence, et je ne laissai rien paraître du trouble où m'avait jeté le son des syllabes adorées. Malheureusement, l'effet d'une impassibilité qui me coûtait tant d'efforts fut tout contraire à celui que j'avais droit d'en attendre ; car ce cruel M. de Pinamonte, se renversant dans son fauteuil et agitant avec fureur tête, bras et jambes, donna tout soudain cours aux impertinents éclats d'une joie immodérée.

« Chevalier de mon cœur et de tous les diables ! L'attention que votre courtoisie daigne accorder au babil d'un roquentin lunatique est tout à votre honneur, car je me rends parfaitement compte du peu de chances qu'a de vous paraître plaisant le récit d'une aventure qui ne vous touche en aucune sorte ! »

Malgré que je ne goûtasse que médiocrement l'ironie tant soit peu insistante du Napolitain, j'estimai honnête de dissimuler sous un vague sourire le dépit que j'en ressentais ; ce pendant que le traître Pinamonte, visiblement amusé de la grimace aigre-douce de sa victime, poursuivait son récit en ces termes :

« Je voudrais passer sous silence le trouble singulier où me jeta l'enthousiasme importun du prince ; car de toutes les passions détestables qui brûlent dans l'enfer du sang humain, celle de la jalousie physique est assurément la plus bizarre et la plus douloureuse. Quelque réflexion que je fisse, je ne parvins pas à étouffer dans mon cœur les mouvements qu'y venaient de réveiller les amoureuses turlutaines de mon ancien compagnon de ribotes. Le portrait que le romanesque boyard s'était plu à me faire de sa belle ressemblait singulièrement aux mirages dont ma capricieuse jeunesse avait vainement pourchassé la beauté tendre et mélancolique. Je frissonnai une fois de plus devant le vide affreux de ma destinée ; et lorsque, aux premiers feux du jour, je repris le chemin de mon solitaire et maussade logis, je me sentais tout plein déjà et d'une cruelle flamme dont j'ignorais l'objet et d'une jalousie aveugle et féroce dont je m'obstinais en vain à pénétrer la raison.

« Le principe obscur de ce sentiment si éloigné des soucis de la raison devint bientôt le principal sujet de mes méditations ; jamais, néanmoins, je n'en ai su établir de façon certaine la nature : car la jalousie est étroitement liée à l'amour, et l'amour même n'est guère concevable sans objet déterminé. Si ardue que fût la question, elle ne laissa pas de m'éclairer sur certains côtés de notre nature. Je lui suis redevable de connaître que la plupart des humains s'attachent moins à la réalité de ce qu'ils aiment qu'à l'illusion qui apparente la créature élue à l'image innée qu'ils en portent dans leur esprit. Est-il, en effet, amant véritable qui pour considérer avec attention, l'objet de sa tendresse, ne ferme les yeux à la réalité et n'en tourne la vue intérieure vers les profondeurs de son âme ? Ah ! chevalier, nous n'aimons jamais qu'un seul être ; cet être unique, nous le portons au plus profond de notre inconnu ; il est identique à notre destinée, à l'éternité d'amour dont notre âme est l'indestructible demeure. Quiconque aime véritablement aime Dieu !

« Le prince ne manqua point, le jour suivant, de me venir prendre chez moi à l'heure convenue ; et sans trop nous attarder aux libations dont nous étions coutumiers en nos entrevues, nous quittâmes l'obscur asile du rêve et de la misanthropie, pour nous rendre en gondole au palais du vieux duc di B...

« Le valet qui nous annonça était revêtu d'une livrée ponceau. Je laissai choir, sur le seuil de la salle inondée de lumière, le gant de ma main droite ; les tapis étaient d'un rose ancien et tendre. Je levai les yeux et reconnus tout soudain qu'une vie nouvelle venait de commencer. J'aperçus une dame blonde au milieu d'un groupe de seigneurs mûrs, solennels et chamarrés. Certaine fontaine du parc ancestral, chère à mon adolescence, se prit à chanter dans ma mémoire ; il y avait au bord de son bassin un banc rongé de mousses dures et brûlées ; le saule pleureur y frôlait de son feuillage les vieux feuillets jaunis de mon *Don Quichotte de la Manche*. Hélas ! l'Amour était là ! Ô joie ! Le temps avait cessé d'être ! Quelqu'un prononça mon nom, ensuite celui du duc. Le vieux di B... avait gardé un souvenir très précis de ma folâtre grand-mère, la fameuse Guidoguerra. Que tout cela nous rajeunissait peu ! Une dame blonde, vêtue de blonde ancienne, au milieu d'un groupe de béjaunes et de vieux seigneurs solennels et chamarrés !

« Une résurrection par amour, un miracle d'art ; Eurydice elle-même chantant quelque arioso de Glück ; un marbre athénien s'animant au souffle d'une églogue d'André Chénier ; certes, ce serait beau ; assurément, cela serait sublime. Toutefois ce serait encore de l'art. Or l'art n'est à la vie que ce que notre existence elle-même est à l'absolu d'amour qui se reflète en elle. J'aperçus une dame blonde au milieu d'un cercle de stupides flagorneurs. C'était la vie, c'était à en rire, à en pleurer, la vie, toute la vie ! Son apparition était la Poésie, sa démarche la Danse, sa voix la Musique. Je reconnus en elle la trinité sublime du Mouvement. Mais elle-même était bien plus que tout cela : elle était la Vie, l'Adoration, la Prière. Je reconnus en elle toutes les Callirhoé de la Fable, et toutes les vierges de la Judée et de la Grèce, et toutes les dames des *Pensées*, et toutes les Babyloniennes de la Cour de Charles II, et toutes les fées des forêts d'avril, et... et que sais-je encore ? Mon regard plongea dans les grands yeux voilés ; je me laissai bercer par la pure et tiède voix ; je perdis la notion des choses. J'étais loin, loin de la vie et loin de moi-même. Je me trouvais au milieu d'un vieux jardin clos, malade d'un vaporeux vertige de fleurs sauvages. Le soir tombait. Une vierge, dans l'éloignement, chantait, chantait pour moi seul, le cantique de la vie accomplie. Ô douleur ! Perdue à jamais ! Fière, énigmatique, pleine de malice et de tendresse, de nostalgie et de cruauté. La vie, la vie même, tout l'enchantement de vivre. C'était Circé de Mérone, c'était Manto de Sulmerre ! L'archange de la Sensualité ! le démon du Songe, le songe même de l'adolescence. Ah ! l'horrible chose qu'un rêve qui se réalise ! Le plus secret de mes vœux venait d'être exaucé ; j'avais devant moi la fille sauvage du parc ancestral de Brettinoro, le fantôme familier de mes jeunes ans...

« Hélas ! profonde est la tristesse d'une vie manquée ; plus profond est le vide d'une destinée accomplie ; car notre cœur est ainsi fait que la place de l'attente n'y peut être occupée que par le désenchantement, et que rien n'y peut succéder au désir qui ne ressemble, de près ou de loin, à la satiété !

« Toutefois, ma mélancolie fut de courte durée. Labounoff me présenta. Je m'étonnai d'entendre aux syllabes familières un nom quasi étranger. J'étais loin déjà et de Venise et de moi-même. De toutes les surprises rares, la plus précieuse est peut-être d'ouïr, d'une bouche qui nous enchante, les paroles simples et douces que nous en attendions. L'esprit, cette petite chose amère et stérile faite d'un brin de sottise et d'une parcelle de méchanceté ; l'esprit, embryon hideux du grand mensonge humain, empoisonne pour l'ordinaire les plus naturels sourires. Pourquoi donc faut-il que, dès le premier son de la voix inconnue, le cher visage réel de la Beauté, de la Vérité, de l'Amour, se change en gueule immonde où grimace toute la laideur de la Méfiance, de la Médisance et du Mensonge ? Est-il donc à ce point redoutable de laisser entrevoir, sous le ciel peint d'un plafond, un peu de ce que l'on fut jadis sous l'azur véritable du premier jour ? Hélas ! quand la simplicité de la vie devient chose malaisée, la vie même est depuis longtemps un mal sans remède. La Sulmerre, la grande Fée, la Dame-Enfant, ouvrit les lèvres... Surprise des surprises ! Où donc avais-je déjà entendu tout ce silence d'eaux, de cieux et de plaines, en un seul son, en un seul premier son indistinct ?

Dans quel Éden m'avait-on déjà salué de ces paroles simples, sages, primitives : "Que je suis donc aise de vous rencontrer à la fin ! L'on m'a tant parlé de vous à Naples, en Angleterre, en Allemagne !" Je ne trouvais rien à répondre ; je ne suis rien moins qu'un homme à réparties faciles ; mais des noms singuliers d'îles très lointaines, d'amants fabuleux, d'anges et de livres, de fleurs et de constellations se pressaient sur ma bouche dans un tumulte étrange, et mon cœur était comme une feuille dans le tourbillon de mon cœur. "Non, tu ne te jetteras pas à genoux, en sanglotant, au milieu de cette foule ! Ce serait absurde, en vérité ; songe au ridicule extrême..." Telles étaient mes pensées, telles furent peut-être mes premières paroles — que sais-je ? — car j'entendis des rires autour de moi.

« La Fée était devant moi, la fée du parc et des fontaines, la fiancée de mon enfance. Je parlai. Quelqu'un parla qui était moi-même et que je ne connaissais pas. La jeunesse envolée, les jours perdus criaient,

criaient à tue-tête au-dedans de moi : "Ses yeux ! Mais regarde donc ses yeux, ses grands yeux anciens où brûle une nuit d'horreur, d'amour, d'adieux, de mensonges, de tendresses !" Quelqu'un parla de voyages aux lointains pays, d'offices galants rendus au roi Poniatowski, d'aventures de Moscovie, de Suède et d'Espagne... je fus, par le Styx ! Je fus terriblement éloquent. "Oui, madame, à Séville — non, à Nuremberg..."

« Ô toi, ô toi, toute ma jeunesse soudain revenue ! Ô toi, ô toi, fantôme rieur de mon enfance, montre-moi tes mains tueuses de petits rossignols énamourés, tes pauvres, tes douces mains câlines et meurtrières. Tu sais, tu le sais, que tu le sais donc bien ; les grands étangs tout au fond, tout au fond des jardins chers à l'automne ! Et les grenouilles gelées et sanglantes que nous péchions en décembre dans les marais muets, et le majordome ressasseur qui nous contait l'amoureuse escapade de la Guidoguerra, en chaise à travers tout le royaume de Naples ! Et, au mitan du parc bourdonnant et voilé, le petit pavillon ruineux, plein de rats, de hiboux et d'araignées... Et l'aimable don Quichotte de M. de Florian, sous le saule pleureur, près de la fontaine bavarde... Ô toi revenue, mienne, miraculeuse ! Esprit sacré de la solitude, confidente ténébreuse des retraites fées ! C'est vous, c'est bien vous, ô petites mains d'amie cruelle, de sœur amoureuse, vous et vous seulement étranges, maigres, rapides mains de ma chère maîtresse ! Vous et non le saule, et non la brise du soir, bien vous qui tourniez les pages du livre distrait aux gravures infirmes : Sancho retrouvant son âne. La somnambule Maritorne. Le beau captif chrétien et la tendre sultane. Le chevalier des Miroirs. Et de la Manche sur son grabat d'agonie...

« J'étais seul alors, ô Manto, ô mon ensorceleuse, et j'étais jeune, et j'épuisais mon âme en transports amoureux et stériles, et je me mourais de nostalgie, et tu n'étais qu'un rêve. Douce amie, si près de moi maintenant, si terrible, si réelle. Circé marchant vêtue de mon ombre. "Je connais telle de vos aventures, mon seigneur..." — "Mais, madame, ce ne sont que médisances, que bruits que les sots font courre..." Je me tenais si sûr de plaire ! Je changeais de couleurs, d'attitudes, d'intonations et d'affectations avec une rapidité incroyable. Qu'en était-il donc, de ma timidité, de ma méfiance, de ma répugnance à vivre et à parler selon le siècle ? Qu'était-ce donc, au juste, que ce monsieur de Pinamonte, cet étranger si plein de morgue, de tendresse et de témérité ? Je m'abandonnai tout entier à l'ivresse de mon verbiage ; un inconnu parlait par ma bouche et j'applaudissais joyeusement à des propos qui m'eussent fait rougir en toute autre occurrence.

« Qu'était-ce donc ? Que diantre voulait dire ceci ? Ah ! ce n'était plus Venise, ce n'était plus le palais ducal di B..., ce n'était plus la vaine apparence de la vie ; c'était la vie même, le royaume promis, le paysage de lait et de miel de la terre d'Amour. Je ne doutais plus, je ne savais plus douter ; la vie entière n'était plus qu'une immense, profonde, éclatante affirmation. Je possédais ma Manto, elle était mienne. Je ne pouvais détacher ma vue des yeux de mon cher ange ; le feu changeant de leurs prunelles me fascinait ; j'y surprenais des reflets de lumières inconnues, des lueurs singulièrement lointaines qui me paraissaient émaner de l'Atma des adeptes ; un mystique printemps s'épanouissait dans mon âme aux rayons d'un adorable soleil spirituel.

« Ô doctes et tendres bizarreries d'un Paracelse, d'un Nettesheim ! Qu'est-ce que la vie, sinon la manifestation d'une nécessité d'adorer qui déjà est Dieu ? Qu'est-ce que la vie, sinon l'amour de l'amour pour soi-même ? Le sang des ancêtres s'était réveillé dans mon cœur ; j'étais chevalier, conquérant, trouvère, cardinal ambitieux, doge empoisonneur, pape hystérique. Ô moment d'éternité, ô sage folie de l'amour ! Et c'était un entretien des plus frivoles avec une aventurière qui me devait bientôt donner du chagrin de plus d'une espèce ; et cela se jouait dans un palais grouillant de vermine héraldique et de gueusaille écrivassière, en pleine vie, en pleine réalité. Mais, par Caïn dans les taches de la lune, les yeux, les chers yeux, les grands yeux terribles de jadis, de toujours, d'au-delà !

« En m'égarant dans les solitudes enchantées de ces yeux nostalgiques, je me sentis une âme d'enfant émerveillé par un conte de fées ou d'astrologue amoureux perdu au milieu des lacs et des montagnes de quelque royaume dormant de la Galaxie. Le ciel fabuleux des yeux de la Sulmerre ne ressemblait à la couleur bleue d'aucune pierre, d'aucune montagne éloignée, d'aucun horizon de mer d'ici-bas ; j'oserais moins encore le comparer à l'azur des fleurs ou des sources.

« Depuis ma séparation d'avec la Mérone, je l'ai cru plusieurs fois reconnaître, ce bleu d'extase et de douceur, dans la vacillation des feux vaporeux de certaines essences précieuses, et surtout dans l'image, conservée en ma mémoire, de ces lampes parfumées. Je regardais dans les yeux de l'ensorceleuse et je songeais à ce feu qui, dans le conte de ma mère-grand, s'assoupit en même temps que la Princesse, les Courtisans et le Poulet à la broche. Les yeux de l'aventurière étaient lourds des songes passés de mon enfance et du silence futur de ma mort ; et je pénétrai, en interrogeant leur mystère, le sens secret de cette vieille exclamation si triviale, d'abordée, et si chère aux amoureux de toute espèce et de toute époque : "telle ou telle femme, tel ou tel art, telle ou telle passion est *ma vie*". À cause que tous les sentiments définis, toutes les amours personnifiées ne sont que formes de manifestation d'un amour unique, d'un amour éternel qui est le principe de l'être.

« Tout en nous entretenant de mille frivolités, nous nous étions insensiblement séparés du reste de la société. Jugez donc quelle fut ma surprise de me retrouver tête-à-tête avec Annalena, mon cher amour, sur une terrasse écartée, au milieu de la plus belle ordonnance de statues et d'arbustes odoriférants que j'eusse encore vue. Mon premier émoi s'étant quelque peu apaisé, j'estimai plus honnête de modérer mon éloquence et de réfréner mes désirs. La Mérone parla : je fus tout oreilles. Je regardais les sombres yeux bleus, j'écoutais la chère voix ensemble proche et lointaine ; les cloches pures des mois de Marie défunts chantèrent dans le ciel de mon enfance et de ma simplicité. Chevalier, chevalier ! le ravissant entretien que ce fut là ! "Certes, madame, la fête de M. le duc est fort de mon goût." — "Notre boyard est-il donc tant de vos amis ?" — "Eh quoi ? Depuis dix ans déjà ? À Saint-Pétersbourg ? Le mauvais sujet ! Est-ce vraiment possible ?" — "Singulier, je vous l'accorde, mais si galant." — "Secouez donc cette poudre... Non, là, là, monsieur le maladroit. Que voilà bien une mode qui paraît avoir fait son temps !... »

« J'écoutais, j'approuvais, je m'exclamais. Que c'était vrai, que c'était simple, que c'était doux ! C'étaient là, assurément, choses des plus journalières ; cependant ce diable de Pinamonte n'y avait jamais pris garde. Que la vie était jeune ! L'heure qui venait était vraiment une inconnue. Ô surprise ! Tant de choses surannées, usées, caduques, devenues tout à coup nouvelles ! Éclosion d'instants, fraîcheur d'un printemps éternel, sans cesse renouvelé !

« Les propos que nous échangions ne différaient que peu, sans doute, des entretiens courants de la bonne compagnie ; néanmoins, j'y découvrais à tout moment quelque charme inconnu, quelque signifiance nouvelle. Ma raison vaincue était morte, j'étais devenu tout cœur, et ce grand cœur libéré palpitait des genoux au cerveau. À chaque fois que je tente de préciser, par le moyen d'un rapprochement sensible, l'état d'exaltation où je me trouvais alors, ma pensée s'arrête sur ces aveugles-nés que le Verbe du Dieu d'amour inonda soudain de lumière. J'étais plein de surprise et, dans le même temps, une grande confiance s'élevait en moi, plus neuve que tout étonnement, plus puissante que toute terreur. Mon regard venait d'acquérir le pouvoir de pénétration. Je levai les yeux et je connus l'univers d'amour, ce ciel sans fin qui, une heure encore, était le champ de ténèbres de ma cécité. Je contemplais le jardin de merveilles de l'espace avec le sentiment de regarder au plus profond, au plus secret de moi-même ; et je souriais, car je ne m'étais jamais rêvé si pur, si grand, si beau ! Dans mon âme éclata le chant de grâces de l'univers. "Toutes ces constellations sont tiennes, elles sont en toi ; elles n'ont point de réalité en dehors de ton amour ! Hélas ! combien le monde apparaît terrible à qui ne se connaît pas ! Quand tu te sentais seul et abandonné devant la mer, songe quelle devait être la solitude des eaux dans la nuit, et la solitude de la nuit dans l'univers sans fin ! Comme tu as souffert et comme tu as fait souffrir ! Ô homme ! Ô homme ! Quelle est la douleur des ténèbres dans l'être frappé de cécité !"

« Alors je ramenais mon regard sur Clarice-Annalena, et mon âme enivrée reprenait aussitôt : "Vois, elle est belle et elle est la vie ! Ne la méprise pas, ne lui demande pas trop ; car elle ne sait pas ce qu'elle donne. Presse-la tendrement, regarde-la amoureusement, parle-lui doucement, n'approfondis rien ; car elle est la vie : et elle ne sait pas qui elle est. Le véritable amour est unique, et bientôt il se retrouvera seul en face de soi-même. Elle, elle n'est que la vie : chéris-la, car ses moments sont comptés. Hâte-toi de l'aimer, car il se fait tard dans le jour du monde. Oublie qui elle est ; elle a des yeux, et une bouche, et une voix, et un sexe ; elle est la créature de l'amour, la créature de ton amour. Si tu la juges, tu seras jugé. Si tu l'aimes, tu seras aimé. Si tu l'abandonnes, l'amour se voilera la face et tu retourneras à l'impossible néant. Rien n'est impur en elle, car son maître est le maître de cette nuit, et de cet instant, et de ta tendresse. Est-ce une petite menteuse ? Le contradicteur a-t-il soufflé sur elle ? L'amour est venu, l'amour a guéri, l'amour a sauvé."

« La nouveauté de mon sentiment s'enivrait de la jeunesse de toutes choses. Le charme mystérieux de l'heure et l'aimable solitude du lieu ne pouvaient que hâter le premier épanchement d'une âme amoureuse. Nous étions environnés des plus singulières plantes de l'Asie et de l'Afrique ; les constellations harmonieuses du printemps brillaient d'un tendre éclat au-dessus de nos têtes ; aux soupirs de la brise, au bruissement de l'eau venaient se mêler les câlines chuchoteries de l'universel amour. "N'as-tu pas mille grâces à me rendre", reprenait l'esprit mystérieux de la nature même ; "tes vœux les plus secrets n'ont-ils pas été exaucés ? Les îles Bienheureuses n'ont-elles pas flotté à la rencontre du navigateur confiant ? Ne sais-tu pas, maintenant, que l'Atlantide est, de toutes les terres, la plus proche ? Ô mortel fortuné qui viens de conquérir ta douleur et ta volupté, ta joie et ta mélancolie !"

« La lune brillait très haut dans le ciel ; le ciel, la terre et mon esprit s'enivraient de son étrange clarté comme d'un vin d'éternité et d'amour. Sublime et douloureuse beauté des choses imparfaites ! Mélancolie et joie, volupté et douleur ! Elle avait goûté des plus coupables amours, celle que j'eusse voulu connaître rayonnante de virginité ! Les ailes brisées de mon archange traînaient dans la boue de sang et de larmes de la vie. Un grouillement d'affreuses salamandres remuait la cendre de son passé ; la reine de mon destin, Monsieur le chevalier, la reine de mon destin était une gourgandine !

« Un sourire troublant se jouait sur les lèvres d'Annalena. Des causeuses vénérables et discrètes meublaient les quatre coins d'une galerie attenante. J'attirai la Mérone sur mon cœur, je la renversai sauvagement et je la pris, dans une posture inimaginable, avec délice, tristesse et dégoût. Des lambeaux de sérénades lointaines nous arrivaient par instants sur l'aile du zéphyr.

« Quoi qu'il en fût, je recommençai ma vie. Oui, chevalier ! je vécus, moi Pinamonte, moi Brettinoro, des heures, des jours, des mois. Rapides heures, jours parfaits, mois éphémères ! Et je fus aimé — eh oui, par une étrange bizarrerie du sort —, je fus aimé du meilleur et du pire amour. Être, ou même seulement se croire sincèrement aimé d'une femme déchue, goton des champs, fille des rues ou intruse des palais — c'est peut-être encore ce qu'il existe de plus curieux, de plus riche en joie et en douleur, de plus empoisonné de compassion dans cette gueuse de vie.

« Je n'étais ni jeune ni beau ; toutefois, ma fantasque personne n'était pas sans quelque agrément. La Mérone était d'une mélancolie égale à la mienne ; elle appartenait à l'espèce de femmes qui trouvent plus d'agrément à la laideur d'un amant bel esprit qu'à la beauté d'un galantin vulgaire ; nos penchants naturels s'appariaient à merveille. Au surplus, j'étais Brettinoro, Benedetto et Guidoguerra, et les restes de mon patrimoine me permettaient encore de faire honnête figure dans le monde. Bref, je pouvais croire à la sincérité de la Mérone sans trop donner dans le ridicule des roquentins.

« Il ne fut bientôt question, dans les palais de Venise, que du goût dont la comtesse de Sulmerre s'était prise pour moi. Nos noms étaient sur toutes les bouches. J'étais devenu l'hôte assidu d'une arche de rêve ancrée à la torpeur de la riva Dell'Olio. Les heures sonnaient, des bruits d'avirons approchaient, s'éloignaient, mouraient. C'était le jour, puis c'était la nuit dans les hautes fenêtres troubles d'autrefois. Je connus toutes les ivresses de l'amour et toutes les souffrances de la jalousie. Maintenant la vie était là, tout près de moi, et le temps n'était plus ; et ce temps disparu mangeait ma vie. La passion affamée engloutissait mes heures, mes jours.

« J'aimais. J'étais jaloux de mon propre corps, de l'inconscience des pâmoisons, du souvenir des voluptés inavouées, inconnues, oubliées, de la possibilité des trahisons inaccomplies. Je dressais des listes de suspicions et de vengeances. Je haïssais le souffle d'Annalena, je maudissais la vie de mon unique. J'eusse voulu pénétrer vivant dans le paradis fermé de ses songes, dans l'enfer méfiant de ses pensées, de ses désirs, de ses souvenances. Je m'abîmais dans des méditations sans fond sur le sens secret de ses mouvements, de ses inflexions de voix, de ses parfums. Je me prosternais devant ses attitudes les plus abjectes, les plus bestiales ; j'analysais froidement le goût de sa chevelure, de ses larmes, de son sexe. Je scrutais follement l'horizon d'au-delà de ses yeux. Il m'arriva d'ouïr, au milieu des plaintes de sa luxure, le Nom suprême, le balbutiement de l'Absolu ! Mes mains maigrissaient, mes yeux me devenaient étrangers, les miroirs se troublaient à ma vue, les gémissements des portes se racontaient, au crépuscule, mon histoire. Puis... puis la tête de l'ensorceleuse s'endormait sur mes genoux, et ma raison oubliait toutes choses, et mon âme se dissolvait dans le septième néant de la joie.

« À ces cruels soucis venait souvent se joindre le regret tardif et quelque peu ridicule d'avoir supplanté Labounoff. Pour dire le vrai, j'ai toujours tenu pour fort peu de chose la soi-disant amitié que je portais au prince ; cependant il n'est rien de plus tyrannique en ce monde qu'un sentiment mélangé de compassion et de mépris. Malgré qu'il connût parfaitement mes rapports avec Annalena, jamais il n'en fit aucun semblant, se gardant de rien laisser paraître d'un dépit que tout autre eût témoigné à sa place. Il ne jugea pas même à propos d'interrompre ses assiduités ; fort souvent je le rencontrais chez mon amie, et la hâte sincère qu'il mettait, d'abord que je paraissais, à prendre congé d'elle pour s'avancer vers moi d'un air riant, m'entretenait dans la pensée qu'il n'avait point trop pris son infortune à cœur, ou bien qu'il s'était plu, selon le précepte des Slaves, à sacrifier l'amour à l'amitié.

« Pour ce qui est de propos qui eussent quelque trait à notre aventure, nous n'en échangeâmes qu'une fois, et cela dans une circonstance fort particulière. Certain jour, notamment, que je promenais ma sotte mélancolie à travers les quartiers populeux de Venise, j'eus la surprise de reconnaître, à l'entrée du tortueux calle Selle Rampani, une chaise-brouette aux armes du boyard. Je m'engageai dans l'étroit passage de l'air le plus indifférent qu'il me fut possible d'affecter, et bientôt j'y aperçus mon Moscovite, d'un côté soutenu par Alessandro Mérone et de l'autre par l'un des moujiks de sa suite. Un essaim de polissons et de bambines tourbillonnait autour du groupe bizarre. La trogne de monseigneur me parut plus illuminée que de coutume ; son exaltation s'épanchait en propos orduriers ; la perruque de travers, l'épée entre les jambes, il s'avançait d'un pas incertain et brandissait, avec une déconcertante fureur, le corset de la belle qu'il venait de quitter. Ma première pensée fut de donner du jeu à mes longues jambes d'éternel fuyard ; mais le maudit biberon m'avait déjà aperçu, et, ce qui me surprit davantage, reconnu et hélé à travers trente-six jurements. Force me fut donc de faire à mauvais jeu bonne figure. Je saluai l'importun du plus hypocrite de mes sourires, et, sans délibérer un instant, je me précipitai avec désespoir dans l'abîme grondant de son sein. "Par Hercule et Labounoff !" criait l'énergumène, en pressant ma tête entre ses grosses mains ainsi qu'il eût fait d'une grappe ; "par ce ciel étoilé" (c'était au plus fort de la chaleur du jour), "oui, par cet Orion lumineux et cette Ourse éclatante qui s'arrondissent au-dessus de nos têtes ! Par le mal que Christophe rapporta du nouveau monde, je jure que mon cœur est pur de toute malice et que le ressentiment jamais n'est entré dans mon âme. Eh là, Pinamonte, innocente colombe ! Quelle folie est la tienne de m'éviter, que dis-je ? De me fuir comme tu fais ? Tu es aimé, traître ? Tu es heureux, bourreau ? La belle affaire, en vérité ! Ce sont là plaisirs et triomphes de ton âge. (Le cruel me flattait.) J'aime, sache-le bien, j'aime, j'adore en toi le favori de la fortune et de l'amour. Tel fut mon propre destin ; car, entre nous soit dit, n'était le caprice de mon auguste maîtresse. Suffit. — Ah ! Alessandro, âme de bardache, cœur dénaturé ! Baise sur-le-champ le tendre ami de la belle des belles ! Baise-le sur-le-champ, chien, si tu veux avoir la vie sauve. Baisez-vous tous, maroufles ! Du plus grand au plus petit, du plus bel au plus laid et, qu'au défaut de l'amour, un peu de salacité du moins me vienne réjouir l'âme ! Viens ! Viens sur mon cœur, Sandro, mon mignon, mon brigandeau, mon petit orphelin ! Viens ! Faisons serment de servir sans cesse le comte-duc en ses amours ! De l'y aider de tout notre pouvoir ! (Ah ! morbleu, qu'ils m'y aidèrent bien par après !) Je meurs de soif, Sandro, Sandrinetto ! À boire ! Holà, Basile, Ivan, Platon ! À boire sur-le-champ, ou je besogne vos mères ! — Ah ! mon pigeonneau, mon Pinamontino céleste, que tu t'es cruellement mépris sur mon compte ! Et que tu connais peu le cœur des Slaves ! Donne-moi la main. Peste soit des petites colombes de gueuses ! — Les roses de ma vie sont fanées, poursuivait-il d'une voix rauque entrecoupée de rots et de hoquets. — Ma tête a la couleur des frimas. (Et sa perruque volait au ciel.) Je n'ai plus que des passions de grand-père. Me cacher derrière un mur ; faire sauter sur mes genoux un bambin et sa petite sœur ; voilà ce que j'aime, voilà ce qui me réconforte. Car je suis poète à ma façon, monsieur de Brettinoro ; et j'ai, malheureusement pour moi, le cœur fort sensible."

« À ce moment, une fontaine de vomissements jaillit des grosses lèvres du mascaron. Alessandro et les gens de sa suite l'empoignèrent alors brutalement et le poussèrent dans la chaise ; et, tout aussitôt, versant l'immondice par les fenêtres dorées, la lourde vinaigrette partit à grand fracas, au galop d'un moujik échevelé et rieur.

« Quelque ridicule que fût cette aventure, bientôt elle devint pour mon esprit anxieux un sujet de nouvelles tourmentes. Je me mis à tourner et à retourner de mille façons les propos du sentimental ivrogne ; je m'embrouillai dans des considérations sans fin sur la conduite que j'avais tenue avec lui ; et, en fin de compte, je m'accusai stupidement de traîtrise et de lâcheté ! Car l'égoïsme et l'amour se mêlaient si bien dans mon sentiment, qu'il ne m'était plus possible de discerner si j'étais l'esclave insensible de l'un ou le serviteur plein de fidélité de l'autre.

« Un des bienfaits de mon amour fut de me réconcilier avec les hommes. Une force inconnue — aimable, douce force ! — me guida, au déclin d'un beau jour, vers la place Saint-Marc houleuse et bigarrée ; et je me jetai avec une tendre insouciance dans une mer de ruffians, de Levantins, de petits-maîtres, de laquais, d'appareilleuses, de filles, de bouquetières, de marchands de fruits confits et empalés comme grenouilles, d'aventuriers de tous pays, de dévoyés de toutes sortes, de polissons de tout âge et de pigeons de toutes couleurs. Ciel ! que d'infamie, que de mensonge, que de dégoût ! Comme la vieille vipère frétillait dans mon sein ! Mais que les lèvres dévouées de l'amour étaient fraîches sur la morsure enflammée ! J'étais plein d'étonnement, de colère et de désir. Quand donc viendra-t-il, le jour promis, le jour de tous les jours où le solitaire, se penchant sur la foule des hommes, se sentira ému dans ses entrailles comme à la vue de la mer ou de la forêt ? Pourquoi faut-il donc que des océans d'arbres et de vagues se fondent en un chant d'amour révélateur, et que cent humains assemblés suffisent à faire le plus absurde, le plus haineux des monstres ? Ô paisibles troupeaux ! Fleuves de lente blancheur au déclin des collines ! Combien vous êtes plus près du cœur de Dieu ! Ô docile harmonie des grands vols migrateurs, là-bas au plus voilé du ciel marin, quel esprit d'ordre et de beauté t'anime ! Êtres vils et cruels, puanteur de la création ! Quand nous sommes trois, l'Amour est encore parmi nous ; mais que nous soyons trente, aussitôt l'autorité d'un maître terrestre s'impose. Et quand nous sommes cent mille, notre nom est État et notre vie abomination. Souffrance et lâcheté hargneuse en bas, insolence et cruauté en haut ; le père devenu tyran, le disciple inquisiteur, le guerrier instrument du mensonge, de l'orgueil et de la rapacité ; et là-bas, tout au fond, l'énorme, l'inconnu, l'obscur, l'indéfini fait d'un sanglot de prostituée et d'une pâmoison de vierge ; d'une chute d'oboles sur les tables du changeur et d'un râle de pendu ; d'un éclair d'épée et d'un cri d'enfantement !

« Hé là ! me reprenais-je soudain en riant ; non, non, trois fois non, ami Pinamonte ! Ta colère et ta tristesse ne sont plus de saison. Et que je t'y prenne encore, monsieur l'hypocrite, à faire le rodomont ! Qu'est-ce donc, dis-moi, que cette petite colère qu'étouffe une envie grande de rire ? Est-ce bien l'humanité d'aujourd'hui qui te fait répugnance ? Ne serait-ce pas plutôt l'humanité d'hier ? Bah ! Pinamonte, petit être léger dans la brise du matin, mignonne créature de mai, insoucieuse et dansante, une grande faim d'amour s'est éveillée dans tes entrailles ; vois, juge, pèse : le monstre de la vie est devant toi, tout mensonge, toute laideur. Avale-le ! L'infinie sagesse l'a mesuré à ta faim ; avale-le, te dis-je, avale-le sur l'heure ! Va, ne crains rien, tu le digéreras ! Eh quoi ! sitôt dit, sitôt fait ? Ton dégoût ! En vérité ! Ton dégoût ! La belle affaire ! Sache qu'il n'est qu'un dégoût, un seul : celui que nous donne notre impuissance à attaquer, à vaincre, à dévorer, à digérer le grand ennemi en embuscade au fond de nous-mêmes. Mais les temps sont changés ; tu as attaqué, tu as vaincu, tu danses sur le cadavre dégonflé de ton orgueilleuse et sotte faiblesse ; tu t'aimes, tu penses et tu parles vrai, tu es l'amant de l'homme ! »

« Ainsi donc, affolé de sagesse, je fendais la lourde vague humaine, mêlant au formidable cantique de l'univers le petit son aigu de mon hypocrite ricanement. J'aimai bientôt cette palpitante odeur de fleur et de gadoue exhalée par notre surprenante engeance. Je finis même par m'habituer à la folie de l'orgueil et du mensonge. Ces choses finiront bientôt, disais-je en mon cœur ; elles finiront dès qu'il plaira au grand Amour qu'elles finissent. Il sait ce qu'il reste à faire, il sent ce qu'il reste à faire, il fait ce qu'il reste à faire. Cette absurde canaille est pleine d'inconsciente tendresse ; aimons-la. N'a-t-elle pas été condamnée hier, ne va-t-elle pas disparaître demain ? Aimons, enivrons-nous ! Lui, Lui seul est resté ; Le voici ; Il arrive ; la pierre de Jérusalem brille dans sa main !

« Ainsi j'allais ; mon ombre de héron anxieux se prit bientôt d'amitié pour le pavé de la Piazetta, pour les colonnes du palais ducal, pour les dalles rafraîchissantes de Saint-Marc. Des flagorneurs surent m'intéresser par d'habiles baliverantes. Ma bourse disparut d'abord, mes breloques la suivirent de près ; je ne fis que rire de ces mésaventures. Malheur aux sots et aux distraits, répétais-je en manière de consolation. J'adressai plusieurs fois la parole à des fillettes jolies et mouchées. Ma montre s'évanouit comme un songe, ma tabatière se dissipa comme une brume légère ; les boutons d'or de ma veste me furent eux-mêmes arrachés en toute douceur.

« Je n'en continuai pas moins mes sentimentales promenades de ganache. Les choses m'inspiraient une curiosité intense ; bientôt ma tendresse pour Venise égala mon amour d'Annalena. Dans mon esprit, la Femme et la Cité se fondirent en un seul être. Au reste, est-il deux choses au monde mieux faites pour se comprendre et se fondre l'une en l'autre que la divine passion et l'archangélique Venise ? Qui donc, s'arrêtant par une nuit de lune sur le ponte délia Paglia, ne se laisse pénétrer de cette vérité consolante et sublime qu'il n'est point, pour l'amant du Beau, de rêve auquel ne corresponde une réalité ?

« Et qui donc a pu contempler les rios pâles et dormants, les purs palais aux attitudes d'orphelins, et le large, le tout-puissant Molo ébloui, sans reconnaître à ces fraternelles choses la mélancolie de sa tendresse, le frisson de son souvenir et le tragique soleil de son amour ?

« Escabeau velouté pour les genoux de la prière, palais d'ambre, de myrrhe et d'azur de la tendresse, Venise est aussi le lacrymatoire précieux de toute l'amoureuse douleur humaine, et le ciel qui se mire en elle a la pâleur des dernières heures et l'immobilité prostrée des séparations.

« Ici, la sauvage nostalgie illumine de ses pleurs la face de l'ignominie et les yeux de la cruauté même ; et quand l'île flottante de Saint-Georges se découpe en noir de mort sur la pourpre du vent, et quand l'orage gronde sur la chancelante cité, c'est le hideux Shylock, suffoquant d'amour et de haine, qui appelle dans le soir Yessica disparue. Et cette Venise à l'âme déchirée, cette dominatrice d'autrefois aux atours salis de reine de carnaval est aussi une Venise câline, féline, roucoulante ; et quiconque aime à coqueter avec la mélancolie ou à lutiner la douleur comme une fille, se plaît aussi à promener, dans les ruelles lépreuses et galantes, le mensonge d'un habit rose et d'une fleur nouée par la tige à la poignée de l'épée. Et cette Venise parfumée des poivres du Levant est aussi une manière de Rome efféminée pour le culte de dulie ; et quand ses cloches au doux gosier de communiantes d'autrefois entonnent le cantique bleu-gris des soirs, elles nous rappellent de singulière façon qu'il plut jadis à notre maître l'Amour de naître d'une petite vierge très humble et très adorable. Et cette Venise malade de tendresse est aussi la sœur des saintes langoureuses et troublantes ; et quand l'or d'une lune mûrissante doucement s'y repose sur l'épaule d'une tour inclinée, vous songez à Marie-Madeleine tout essoufflée sous le fardeau de l'urne aux pieux parfums.

« Trop noble pour être courtisane, trop gracieuse pour être mère, Venise l'Ensorceleuse est amante et seulement amante ; belle à faire pleurer, elle connaît, au par-dessus, le pouvoir des vieux charmes païens, et elle se plaît à régner sur nos cœurs par le mystère autant que par la grâce. C'est que, puissante comme Vénus, comme Vénus elle est née des mers, attestant de la sorte, une fois de plus et pour toujours, que tout symbole a une chair, tout songe une réalité. Et comme elle sent, elle notre œuvre suprême, qu'il ne peut être rien de plus cher au Dieu d'amour que ce miroir de beauté et de tendresse que l'homme lui tend humblement dans ses pauvres mains laborieuses, déchirées par la pierre et le métal ; comme elle sent cela, elle l'ouvrage palpitant de nos mains, elle contemple avec confiance la splendeur des choses éternelles, et tendrement elle soupire : Ô cieux, ô mers ! Et vous, jours, et vous, nuits ! Chair indestructible de l'universel amour ! Moi la mortelle, la craintive et la pantelante, moi la créée, je suis votre égale en sainteté !

« Ainsi Pinamonte se réveilla un matin amant de deux belles à la fois ! Je donnai comme sobriquet à ma très douce le nom délicieux de la ville ; à la ville, le nom suave de la très tendre. Tout ce que je portais dans mon cœur, tout mon trésor sentimental de douleurs et de joies me venait de la grande Dogaresse de pierre émue et d'eau féée ; il m'eût été aisé de fuir les dénigreurs et les rivaux qu'elle abritait dans son sein, et de décider la Mérone à me suivre ; cependant, je succombais à la crainte superstitieuse de séparer mes chères jumelles et de ravir à la serre enivrante la fleur de passion que j'y avais vu éclore.

« Certain jour, en flânant sous le regard voilé des mille fenêtres de la place, je sentis tout soudain les yeux de l'Amour sur moi, et je baissai respectueusement la tête. Ô beauté ! Ô rose puissante et suave, par l'Amour offerte à l'Amour ! Ô beauté, Dieu s'adorant soi-même ! Peux-tu faire autrement que d'être un signe mystique en tes moindres manifestations ? Le cœur tout plein d'une angoisse délicieuse, je dirigeai mes pas vers le palais, grande fleur de tendresse aux mille tiges dédoublées ; et je me pris à embrasser follement l'une des colonnes inférieures, et la pulsation du sang humain se fondit de la sorte avec le battement du cœur de la pierre énamourée. Car l'amour, Monsieur le chevalier ! l'amour habite le cœur des pierres, et c'est avec un pauvre galet tout pénétré de tendresse et ramassé sur un rivage solitaire que les dents du Mensonge et de l'Orgueil seront brisées au jour des jours.

« Le malheur voulut que Labounoff me surprît un soir, à Sainte-Marie-du-Salut, baisant humblement la poussière de la dalle. Mon tendre secret fut divulgué ; toute la ville en fit des gorges chaudes. Je regardai les rieurs et me pris à rire plus fort qu'eux. Quoi de plus divertissant, en effet, que le spectacle d'une pierre pénétrée d'amour, et d'un sot moqué par le polisson d'Arouët !

« Une autre fois, plongé dans quelque méditation passionnée et saugrenue, je demeurai planté durant une bonne couple d'heures devant un étalage de pharmacolope : le soleil se jouait aux couleurs charmantes des ipécacuanas, et le diable, dans la voix de l'apothicaire, me soufflait que j'avais devant moi la Riva des Schiavoni incendiée par un magnifique soleil couchant : "Comme vous voilà près, à cette heure, de ces tendres et ravissants mystères ! L'amour vous a régénéré, guéri, sauvé ; la passion a fait de vous le confident de la nature, mon cher Pinamonte ! Comme vous aimez les choses ! Comme les choses vous aiment ! Toute cette splendeur étalée sous vos yeux est l'ouvrage de l'Amour ; et cet Amour éternel et sublime est tout entier en vous. Hé ! que dis-je ? N'êtes-vous pas vous-même ce puissant amour, cet éternel créateur ? Cette Venise pâmée et chatoyante n'est-elle pas un rêve d'amant, votre rêve d'éternel amant ? Ah ! Pinamonte, je me prosterne devant ta puissance ; je te livre l'Enfer ; tu as triomphé, Créateur ! Devant tes pas, l'aile ténébreuse du Contradicteur se traîne dans la poussière. Tu as vaincu, Amour ! C'en est fait du Mensonge ! Le Mensonge n'est plus ! Voici la sublime harmonie du premier jour !"

« Sur ce, je me réveillai de mon extase, chevalier de mon cœur, et je repris mon chemin avec dix ou quinze écus de drogues dans les poches de mon habit. Je ne trouvai rien de plus ingénieux, pour me débarrasser de ce fardeau chimique, que d'en saupoudrer des balayures de cuisine déposées au pied d'un mur ; et ce fut encore un des plus beaux miracles de l'Amour de donner, par le moyen des splendeurs tendres de sa ville benjamine, le cours de ventre à tous les chats de la paroisse Santa Maria Zobenigo !

« Quelquefois mon humeur inquiète et jalouse me laissait des répits de jours ou de semaines ; alors une indifférence somnolente lui succédait en mon esprit, et je me sentais redevenir le Pinamonte d'autrefois, l'homme désabusé des choses du monde et bien pénétré surtout du peu de fonds qu'il y a à faire sur l'amitié ou l'amour des humains ; toutefois, en me félicitant de ce qui me paraissait être un retour à la raison, je me méprenais d'étrange sorte sur la nature de ces périodes d'apaisement ; car elles n'étaient rien moins qu'un signe de guérison. Le trop court répit qu'elles accordaient à mon angoisse s'achevait régulièrement dans quelque crise de hideuse et folle tendresse qui, parfois, empruntait ses traits à la plus répugnante des sensibleries. Ainsi, je ne pouvais jeter un regard sur les somptueuses étoffes ou sur les pierreries éblouissantes qui couvraient ma Manto sans aussitôt m'écrier sur un ton plaintif : "Les pauvres petites parures d'Annalena ! Les tristes petits bijoux !" Je me perdais en efforts burlesques et touchants pour contraindre mes soupirs et suspendre mes pleurs alors que ma maîtresse rompait le pain.

« Trois fois du jour notre table se chargeait de mets fort délicats et parfaitement ordonnés ; ma chère friponne les attaquait pour l'ordinaire à belles dents happantes de louveteau affamé ; et sans doute la charmante ardeur qu'elle apportait à nourrir son corps de jeune amoureuse n'eût point laissé de réjouir un galant raisonnable. Toutefois, ce grand dadais de Pinamonte, accoutumé qu'il était de longue main à discerner des sujets d'attendrissement aux plus allègres spectacles, ne recevait d'ordinaire rien autre chose, de ceux que lui offrait le bel appétit d'Annalena, que les plus attristantes impressions. "Pitoyable créature, murmurais-je ; pitoyable créature exposée aux caprices du sort, aux rigueurs des climats, aux défaillances de la pauvre nature humaine ! Te voici devant moi faible, craintive, éphémère ! Tu te nourris des fruits d'une terre fertilisée par la mort ; tu manges tristement, et à seul effet de conserver aux afflictions de demain ta mélancolie d'aujourd'hui. Hélas ! semblable — trop semblable, en sa friande cruauté, au cannibale qui engraisse ses captifs avant de les livrer au bourreau des cuisines — la tombe te nourrit de ses fruits, afin de trouver demain un régal plus copieux à ta gorge rebondie, à tes bras succulents, à ta croupe substantielle ! Ô créature abandonnée ! Si pitoyable, si ridicule en ta souveraine beauté ! Je te regarde. Que fais-tu donc ? Tu portes à tes lèvres un verre de vieux vin fumeux. Eh quoi ? Est-ce donc que le froid de la mort déjà circule dans tes veines ?..." Et mille autres fadaises du même genre, chevalier ; car depuis le commencement jusqu'à la fin de nos singuliers repas tête à tête, je n'arrêtais point de lamenter de la sorte.

« La vue d'un réfectoire de prison ou d'hôpital m'eût à coup sûr moins affecté que le quotidien spectacle d'une beauté gourmande ranimant gaillardement, aux plantureuses bouchées noyées de longues rasades, sa jeune vigueur rompue par les travaux polissons. Mon horrible cœur allait même quelquefois jusqu'à s'apitoyer sur l'ombre de ma gourgandine, sur la malheureuse ombre condamnée à se traîner sur de cruelles dalles de marbre, à se heurter à des angles de cheminées, à balayer des tapis du Levant !

« Il m'advint de réveiller ma chère Annalena plus de dix fois en l'espace d'une nuit, afin de bien m'assurer qu'elle n'était pas morte. Le mouvement des horloges m'emplissait d'épouvante ; la fuite des instants me faisait frémir ; je cherchais des fils argentés dans la douce chevelure embaumée de jeunesse ; et quand ma friponne se riait de ma folie, je soupirais sottement : "Infortunée ! Infortunée Annalena ! Encore une heure, et ce sera la vieillesse ! Encore un jour, et ce sera la mort ! La froide, l'aveugle, l'impitoyable mort !"

« À cette funèbre vision d'une Annalena souffreteuse et vieillie, le cours naturel des idées me faisait associer quelquefois l'image de ma propre décadence. Je recourais alors au rapprochement des années et des énergies ; et la double disproportion que j'y découvrais me représentait clairement que le déclin rapide du quadragénaire m'épargnerait la douleur d'assister à celui d'une fille à peine sortie de l'enfance... Toutefois, l'amour ombrageux du dernier Brettinoro ne trouvait guère son compte à tous ces beaux calculs. La découverte d'un dérivatif à quelque angoisse est rarement autre chose, pour la passion véritable, qu'un simple changement de souci. L'idée d'être le premier frappé par les décrets du Temps n'apaisait mon inquiétude quant à Clarice que pour me faire trembler d'autant plus fort pour moi-même. L'horrible chose, pour un amant, que l'approche d'un âge qui dissipe les illusions et rend le corps inepte aux amours ! Comme je haïssais les excès de ma jeunesse ! Comme je maudissais l'aveuglement qui m'avait fait gaspiller en débauches les trésors de la passion !

« Je m'éveillais parfois en sursaut, au milieu de la nuit et du silence, avec l'étrange sentiment d'avoir survécu à la terre et au soleil. J'allumais la chandelle, je courais au miroir ; l'image qu'y rencontrait ma vue remplissait mon esprit d'effroi et de dégoût. Ciel ! ces yeux sans éclat, ce front soucieux, cet air contrit, ce long visage blême et grimaçant de vieillard ! Se peut-il que ce soit là la forme sensible d'une âme sanctifiée par le profond amour ? Ô terreur ! Ô désespoir ! J'avais beau approcher ou éloigner de la glace cruelle le flambeau agité qui y faisait trembler ma laideur : obscure ou claire, la vérité qui sortait de ce puits me faisait frémir ! Plein de haine et de tristesse, j'examinais méticuleusement ma personne, et je n'y découvrais, hormis certain air de bizarrerie et de grandeur, que sujets de tristesse et de répugnance. "Certes, soupirais-je, rien n'égale en beauté une âme passionnée qui purifie ce qu'elle aime ; mais que ce nez est long entre ces joues de vieux fruit cueilli par le vent ! Et rien n'est plus grand qu'un esprit qui, cherchant l'amour, découvre Dieu ; heureuse, trois fois heureuse cependant la jambe jeune, vigoureuse et bien faite !"

« Tournais-je le dos au mirage impertinent ? L'affreux fantôme me faisait la nique de tous les coins de l'obscure galerie. Fermais-je les yeux ? Du fond des ténèbres intérieures le Sosie m'adressait quelque grimace de noyé. Je me gardais bien, comme de raison, de parler à qui que ce fût de ces ridicules terreurs, et surtout d'en rien laisser paraître devant Annalena ; je ne pus cependant si bien faire que la belle ne s'aperçût de l'excès de ravissement où me jetaient ses compliments sur mon visage ou ma tournure. Je remarquai que les galants vraiment jeunes et vraiment gracieux prêtaient d'ordinaire aux éloges de ce genre une oreille beaucoup plus distraite ; et je résolus de modeler, en pareille occasion, mon attitude sur la leur.

« Souvent aussi, après l'ivresse de la volupté, une lassitude de canicule s'abattait sur mon âme, un dégoût sans raison, une tristesse sans bornes. Je considérais la silencieuse Annalena accroupie dans la clarté fade de quelque haute fenêtre ouverte sur une éternité d'ennui : "Ah ! ma pauvrette, soupirais-je alors, comme vous voilà blanche ! Blanche de toute la blancheur de l'insipidité ! Comment diable ai-je pu trouver en vous mes délices, il y a un moment ? De grâce, fermez ces jambes de bambine énervée ; l'odeur aigrelette de votre jeune intimité me fait lever le cœur. Montrez-moi plutôt... hé non ! ne me montrez rien, pas même cela qui sous ma main sévère rend un son si enfantin, si charnu et si chaud. Rien, rien, car vous voici redevenue purement organique. Petit engin singulier, petite machine odorante et compliquée... J'aurais peine à supporter votre image dans un miroir d'eau de rose. Que faites-vous là, avec une seule de vos mains offerte à ma vue ? Ah ! mourez plutôt, et que l'aveugle vermine de la vie s'engraisse ignoblement de tout ce tiède blanc-manger d'amour !" « La pauvre Clarice baissait la tête, attachait son regard de fillette battue à quelque fleur fanée du tapis ; enfin, cachant son visage dans ses mains longues d'orpheline, elle se mettait à pleurnicher amèrement. "Hé oui, pensais-je alors, que voilà bien la vieille histoire de Colin et de sa bergerette, et de dame Hortense, la boulangère maltraitée par le soldat du roi. Histoire d'éternité, histoire du moment. Quoi de plus naturel ? Ingratitude à l'odeur de vieilles bottes, sensiblerie aux vapeurs nauséeuses de langes !" J'attrapais mon chapeau, je donnais un coup de talon à la porte, je descendais l'escalier sur le cul, crachant à droite et à gauche la bile fadasse de mon dégoût. Sitôt à la rue, je hélais un gondolier et me faisais mener en toute hâte à mon logis, afin d'y déplorer avec Giovanni la misère de mon âme et la cruauté de mon cœur. J'arrive à ma maison, et quel objet frappe tout d'abord ma vue ? Annalena, Monsieur le chevalier ! La belle de Mérone, la douce de Sulmerre, l'indulgente, la miséricordieuse, qui a su devancer ma précipitation de dément et qui m'accueille, au seuil même de mon mélancolique ermitage, d'un sourire, d'un baiser et d'une larme. La jeune, l'exquise Annalena, très blanche et très grande, en manteau de dogaresse au seuil de ma lépreuse et redoutable maison ! Ah ! par le Diavolo ! Par tous les Diavolo entassés dans l'enfer d'une âme humaine ! Tout est oublié ! J'embrasse la sœur, je m'agenouille devant l'amante, j'entraîne vers les profondeurs poudreuses du plus obscur de mes réduits l'image ensemble humaine et divine de l'amour. Ô perdue et retrouvée ! Ô amoureuse ! viens, que je te serre sur mon vieux cœur à demi mort ! Que je me couche sur ton doux corps mortel de tout le poids d'un cadavre de philosophe ! Viens, amour ! laisse l'immense nuit de la volupté rouler sur nous ainsi qu'une mer, et que nous soyons comme les noyés que le hasard des vagues rassemble ! — Oui, encore un baiser, et puis que ce soit la séparation, la douce séparation mystérieuse, peureuse, voilée et masquée. Et que nul — pas même Giovanni — ne te surprenne en ta fuite de gazelle.

« Un dernier regard, un dernier rire. La tendre Sulmerre m'a quitté de la façon la plus clandestine du monde... Me voici seul, ivre de bonheur retrouvé, seul, tout seul et joyeux dans ma sournoise masure du calle Barozzi. — Et dites-moi, chevalier : à quoi donc me voyez-vous occupé maintenant, maintenant que la Sulmerre s'en retourne rieuse vers son palais ciselé de Belle au Bois dormant ? — Vous me voyez occupé à faire tantôt le chien et tantôt le chacal, à mordre les tapis avec une joie sauvage, à renverser les meubles avec un enthousiasme d'épileptique ; à me tirer la langue, à me faire la figue dans les miroirs ; ma perruque vole dans les airs, ma montre rend l'âme sous mon talon ; ma poitrine, sous mon poing furibond, résonne comme une forge ; je suis ici et je suis là ; je saute en gerboise et je retombe en crapaud ; je cours, je sautille, je bondis, je rampe. Me voici nu, me voici rhabillé. Je ris et je peste ; j'exulte, je tressaille, j'éclate, je suis tout en nage. Annalena est accourue, Annalena a pardonné, Annalena a compris, Annalena a tremblé, Annalena aime ! Quelle preuve d'amour que de courir ainsi de son palais à ma ruine — en chaise, il est vrai — mais n'est-ce pas un quart de lieue quand même ? Un quart de lieue ! Songez donc, chevalier ! Quelle bonté ! Quel sacrifice ! En vérité ! Et me voici enfin sur le pont San Maurizio, mon vieil ami ; et je parle de mon bonheur à l'antique maison du coin, à la lugubre maison aux portes géantes, aux volets d'un vert infâme, aux seuils noyés... À l'antique maison déserte, taciturne confidente de mes extases de benêt et de mes désespoirs de fou !

« Telles étaient mes joies ; telles étaient mes peines. La Sulmerre m'inspirait un sentiment que je n'avais pour personne au monde qu'elle. Sa vue seule suffisait à réveiller dans mon âme les plus étranges mouvements. Je ne vivais plus qu'en elle ; le soleil et les fleurs, les brises et l'eau, les bois et l'écho, le silence et l'ombre, tout m'était Annalena, tout m'était Clarice. Il n'était pas une ligne dans la forme adorée qui ne me rappelât à la mémoire quelque amoureuse vision de mon enfance ou de ma jeunesse. Les mouvements de la Sulmerre, les inflexions de sa voix, les nuances de son regard suscitaient dans mon esprit des associations singulièrement lointaines. Souvent je contemplais mon amie comme on regarde au plus profond de soi-même. À un étranger qui me demandait un soir qui donc était cette belle dame, je répondis distraitement : "L'initiatrice." Je parlais quelquefois de ces bizarreries à ma gracieuse ; elle en souriait, j'en riais comme un fou. Car toute passion a ses heures divines et ses moments terrestres.

« J'en arrivai à cet état de l'âme sublime et périlleux où l'on identifie l'objet aimé avec l'amour. Je me détachais chaque jour davantage de mon originalité propre ; éloigné de la Mérone, je me sentais moins que la moitié d'un être ; revoir ma maîtresse après une courte absence, c'était me retrouver, rentrer dans ma chair et dans mon esprit, renaître. Les nuits de lune, je l'entraînais en gondole au Lido. Sa présence rapprochait les mondes les plus désespérément éloignés, en faisait des objets à portée de la main. Je lui montrais une étoile, puis une autre : "Voici Hier, disais-je ; et voici Demain ! Toute l'immensité respire la confiance sublime de l'Amour !" Et je disais vrai ; mon cœur partageait le grand calme passionné de la nature. Que m'importait que ma tendresse eût à redouter le jugement des hommes ? Je ne craignais pas de plonger mon regard au plus profond des yeux de l'Éternité, et mon sentiment de sécurité divine triomphait et des tristesses que me donnait le passé de mon amie et des inquiétudes que m'inspirait l'irrégularité de sa condition présente. Pouvais-je, en effet, condamner comme stérile et vain un attachement qui m'avait su rendre à l'amour et à la vie ? Il n'est point de passion inféconde ; car l'amour qui ne multiplie pas est un amour qui ressuscite.

« Annalena était toute ma vie et je ne pouvais souffrir qu'un objet quelconque de mon affection lui demeurât étranger. Que de douceur je découvrais à parler à ma très tendre des pauvres vieilles choses solitaires que j'aimais ! Avec quel sentiment et d'étonnement et de fierté je faisais connaître aux choses aimées la forme de ma très ravissante ! Je la conduisais au déclin du jour sur les vieux ponts chers à mes songeries ; je lui montrais les antiques maisons que ma fantaisie se plaisait à peupler de Sinibaldos fabuleux, de Clarices de rêve. Je la présentais aux rives léthargiques, aux recoins obscurs et ruineux, comme un jeune amant introduit dans un cercle de parents et d'amis la nouvelle épousée.

« Certain soir, sous la porte sinistre du Ghetto, je lui parlai de Shylock et de Yessica ; et, ô surprise ! le grand génie barbare qui m'avait tant choqué par ses bizarreries soudain se révéla à mon âme latine dans toute sa beauté, dans toute sa puissance ! Je relus le *Songe d'une nuit d'été*, le *Roi Lear*. Puis je m'en retournai au plus tendre, au plus étrange, au plus blessé ; je relus *Julie*, les *Confessions*. Eh quoi ! me disais-je, ce Shakespeare, ce Rousseau ! n'ont-ils donc jamais tenu un caillou dans leurs mains ? En vérité ! Comment donc s'y sont-ils pris, ces grands amants de la Nature, pour ne pas pénétrer l'amoureux principe de leur Immortelle ? Pourquoi, étant si simples et si forts, n'ont-ils pas su ou osé suivre jusqu'au bout leur sublime sentiment, établir la suprême Identité, et Le reconnaître, Lui, Lui tout entier, dans leur amour humain ? Je mis la première partie des *Confessions* entre les mains de Manto. Notre tendresse commune envers le Genevois resserra les liens de notre amitié.

« Un soir nous entrâmes à San Maurizio. L'église était déserte. Une grande terreur s'éleva dans mon sang. Je saisis les mains bien-aimées : "Voici l'Épiphanie, voici l'Épiphanie ! À genoux, Clarice ! Car le voici, Lui, Lui Père dans les cieux sans fin, Fils sur la terre bornée, Esprit de Vérité, amour du Père au Fils, amour du Fils au Père, amour de l'Amour ! L'Amour unique en face de soi-même ! À genoux, à genoux ! Car il est là, terrible de pardon, sous nos regards de Gentils !"

« Que vous dirai-je encore, chevalier, du singulier état où je trouvais mon cœur ? Comment vous le dépeindre avec des mots profanes ? Je ne suis pas un saint, et même dans le plus fort de mon amoureuse exaltation il s'en manquait bien que je me trouvasse en l'état de grâce. Hélas ! non ; la pluie n'était pas ma sœur, le vent n'était pas mon frère ; mais je disais au vent : "Doux frère de Clarice" ; et je disais à la pluie : "Tendre sœur d'Annalena !" Les choses les plus étrangères à la jeunesse, à la beauté ; les objets les plus éloignés de l'amour me rappelaient sans cesse à la mémoire ma belle, ma jeune, mon amoureuse. Séparées de sa tendre image, la nature et la vie perdaient leur signifiance. Feuilletais-je quelque antique in-folio de bibliothèque oubliée ? Le parfum de sa moisissure me faisait songer à une Annalena aux atours de jadis, à une Clarice des temps défunts.

« Certain jour, je mis la main sur un livre des plus singuliers : *Les Pratiques de l'Année sainte du Frère Martial du Mans,* religieux pénitent. Je m'engouai aussitôt de cet ouvrage séraphique. Certes, je rougis de mon indignité ; mais je pris garde que l'amour de la créature m'enseignait l'adoration du Créateur, du Père de toutes choses. Je disais quelquefois à ma très belle de l'air le plus sérieux du monde : "Eh ! quoi, chère tête ! ces frimas ne finiront-ils donc jamais ? Pourquoi ne voulez-vous pas faire le printemps ?" ; ou bien : "Je suis las de dormir, ma toute tendre ; daignez dire de grâce : « Que la lumière soit ! »" ; ou bien encore : "J'aurais telle ou telle chose à dire ou à demander à mon ami Stanislas. Ordonnez à Sa Majesté de comparaître sur-le-champ !"
— Mon cher amour frappait des mains, riant aux éclats ; je finissais moi-même par sourire ; néanmoins, mon âme demeurait grave ; l'amour, le divin amour et la confiance dans l'amour demeuraient

gravés au profond de mon âme. Car je voyais en ma Clarice une personnification de la toute-puissante Nature dont l'essence est Amour ; car mon Annalena m'était comme un reflet de la Révélation. Je reconnaissais en elle tant ma tendresse et ma joie que ma douleur et ma pitié ; oui, son amour m'enseignait à prendre en pitié et la jeunesse et la beauté, et la joie et la volupté. "Que la pitié soit ma sagesse unique ; que mon amour parfait de la création soit mon amour de Dieu !" Tout mon corps était envahi par le cœur, et mon cœur pantelait d'amoureuse pitié.

« Toutefois, j'avais encore des heures de doute et d'abattement ; car, pour accoutumé que je fusse aux mouvements capricieux dont mon hypocondrie était l'origine, j'éprouvais toujours quelque surprise à mes accès de commisération fébrile et irréfléchie ; et, tout en m'abandonnant à l'étrange bizarrerie de mon naturel, je tâchais à pénétrer le mystère de cette singulière compassion pour une créature comblée des plus précieuses faveurs du destin. Les réflexions que je fis à ce sujet eurent pour effet d'abattre pour quelque temps ma dévorante exaltation. Les amours humaines, chevalier, sont mélangées de méfiance, de crainte et de mépris, et ce que nous appelons pitié, n'est, le plus ordinairement, que notre mépris de ceux que nous aimons. Nous savons trop bien ce que signifie notre pitié du prochain pour ne pas redouter d'être pris en compassion à notre tour. Astarté et Asmodée sont aujourd'hui encore les princes de notre pitoyable amitié. Le mépris empoisonne notre compassion tout de même que le désir du châtiment corrompt notre souci de la justice ; car, entre nous soit dit, rien ne ressemble moins à l'amour de la vertu que la sinistre et pusillanime ardeur qui nous porte à éliminer du corps social tout ce qui nous en paraît menacer la douteuse harmonie. L'office du magistrat n'est, en quelque sorte, qu'un tribut que nous payons au prince de ce monde, au père du mensonge ; le geôlier et le bourreau suffiraient à l'idéal de justice de la plupart d'entre nous ; car, non contents de passer en férocité le tigre, en ruse le renard et la vipère en venimosité, nous avons su encore ajouter à ces avantages bestiaux la vertu purement humaine qu'est l'esprit de vengeance. Passé l'âge de trente ans, la plupart des humains ne sont guère autre chose que des survivants par esprit de vengeance. Nous nous vengeons du mal que l'on nous fait ;

nous nous vengeons aussi du bien que nous faisons ; et voilà pourquoi notre vie ressemble si fort à un tas de gadoue arrosée de sang. Amour, oubli des fautes, pitié ! Toute la grandeur possible, toute la bassesse réelle de l'homme ! Que votre pensée s'arrête un instant sur le mystère adorable et terrible du sentiment pur, et vous aurez une vision parfaite de l'affreuse barbarie dont les ténèbres nous environnent de toutes parts après dix-huit siècles d'effort chrétien. Hélas ! jusques à quand nous faudra-t-il attendre le retour de Celui qui doit communiquer aux faibles, aux moroses, aux contrefaits de l'esprit et de la chair, un peu de sa glorieuse pitié, de la force, de la joie, de la beauté même ? Quand donc apprendrons-nous à plaindre la Joie et la Beauté ?

« Ainsi, je doutais quelquefois de ma compassion ; cependant l'amour de l'amour ne m'abandonnait jamais. Je n'avais souci d'aucune chose de ce monde que de ma tendresse. J'aimais en Annalena jusqu'au mystère profond qui enveloppait son passé. Je ne connaissais rien autre chose de sa vie que les quelques aventures galantes dont elle avait consenti à me faire confidence au début de notre liaison. Quant au reste, elle mettait à le tenir secret un soin qui égalait la prudence de son frère Alessandro. Ni le sentiment délicat qui la portait à cultiver les arts dans un âge si tendre, ni la sagacité qu'elle faisait paraître au milieu de circonstances si singulières, ni l'air de décence, enfin, qu'elle se savait parfois donner dans une condition si particulière ; aucune de ces qualités de cœur et d'esprit ne me surprenait tant que ce contraste et de l'étourderie qu'elle montrait dans ses confessions d'amoureuse et de l'habileté avec laquelle elle éludait toute question pouvant avoir trait à sa naissance, à ses parents ou aux premières années de sa vie. Au reste, la preuve que je lui donnai bientôt de mon naturel jaloux et quelque peu brutal ne fut sans doute pas pour la faire incliner aux épanchements. Tant de réserve sur un sujet si bien fait pour éveiller une tendre curiosité, ne laissa pas de me donner du dépit dans le commencement ; toutefois, je m'accoutumai bientôt au mystère qui environnait mon étrange félicité, et je finis même par y découvrir un charme des plus troublants. Car une seule et même loi régit et notre adoration de Dieu et notre tendresse pour l'homme ; l'aveugle abandon au sentiment et la sage soumission à l'inconnu entrent pour des parts égales et dans l'une et dans l'autre, et jamais nous n'aimons mieux qu'alors que nous entendons mal ; à cause que l'impossibilité d'acquérir une chose pour l'obole de la raison nous rappelle à la mémoire le merveilleux trésor de sentiments que nous portons dans nos cœurs.

« Après quelques semaines de méfiance et de bouderie, la subtile affinité entre le mystère et l'amour se révéla à mon esprit dans tout le charme de sa tristesse. Je sus bon gré à la Mérone de m'être demeurée un peu une inconnue tout en m'abandonnant et sa beauté d'amante et sa tendresse de sœur. La durée des terrestres amours se mesure à la mélancolie dissimulée sous les joies qu'elles nous donnent ; car le plaisir de disposer de la soi-disant réalité des choses n'est que peu à comparaison de la sublime douleur d'ignorer la fin de ces choses. Je laissais souvent errer mon regard sur ma songeuse nue comme sur un charmant paysage de soir de mai ; j'interrogeais le grand silence de ses yeux plus beaux que le sommeil des eaux de l'été ; je m'enivrais des parfums somnolents exhalés par le jardin sauvage de sa chevelure ; j'étanchais ma soif à la source fraîche et caillouteuse de sa bouche ; je humais le vin doux-amer de sa jeune volupté comme le Scythe boit la sève à même la blessure du saule. Cependant les plus secrètes possessions ne parvenaient pas à satisfaire mon mystique désir. "Te voici près de moi, te voici tout près de moi, te voici au-dessous de moi, enfin, comme la montagne sous la nuée, comme le blé sous la pluie, comme la pierre sous la vague ; et me voici en toi, maintenant, comme le vin dans la jarre, comme la chaleur dans le fruit, comme la vie dans le sang. Et nous voici unité, présentement, comme la cloche et le son, comme Dieu et l'amour, comme la douleur et la volupté. Et te voici un peu plus loin de moi déjà, et plus loin encore à présent, et nous voici séparés par un ténébreux abîme. Ô femme ! qui donc es-tu, comme créature ? Ô Clarice, qui donc es-tu comme amante ? Ton destin m'est aussi étranger que ton sexe ; je ne sais rien de ton existence dans l'univers, je ne connais que peu de choses de ta vie dans le temps. D'où viens-tu ? Qui es-tu ? Où vas-tu ? Atome d'azur dans l'espace, petite goutte d'eau sombre dans l'océan lumineux de l'Amour ! Qu'il est terrible et qu'il est doux d'être un étranger à ce que l'on aime ! Que d'autres se tourmentent d'ignorer le sens supraterrestre de leur amour ; moi je me plais à ne rien connaître du mien, rien, pas même son existence effective. Non, ni le présent, ni le passé, ni le futur ! Ô forme certaine de ma vie, ô pain et vin de ma passion, que je me réjouis de n'entendre pas ton nom véritable ! L'amour t'apporta un soir, la mort t'enlèvera quelque jour ; tel fut, tel sera aussi le destin de ma propre chair. Le corps est étranger à la vie, le cercueil étranger au cadavre. Je ne connais rien de moi-même ; chercherai-je à pénétrer ton secret ? Restons comme nous sommes ; tout va le mieux du monde ; enivrons-nous du mystère des instants ! Qu'il nous suffise de savoir que l'amour est en nous et autour de nous et en toutes choses ; qu'il n'est pas de caillou qui n'en soit tout pénétré, et qu'il n'est point de soleil qui n'en reçoive sa lumière ; car quiconque paraît briller de sa propre clarté brille de la clarté de l'amour. Demeurons en paix. Son règne arrivera. Son nom sera sanctifié !" Telle était ma prière du soir.

La malicieuse Annalena lui faisait quelquefois répons d'un *amen* innocemment moqueur ; ensuite de quoi j'étendais mon long cadavre de raisonneur à côté de ma chère vie au souffle puissant et doux.

« Fort souvent, au cours de mes promenades nocturnes, ma capricieuse rêverie me reportait dans le passé. La lune me parlait des nuits d'insomnie de mon enfance, du parc de Brettinoro, de la fontaine au fond du parc, des chansons de vieille nourrice folle de la fontaine. L'odeur assoupissante de l'eau me contait l'histoire sans fin de mes vagabondages. Le vent m'entretenait des mille contrées lointaines entrevues autrefois et redevenues de longue main étrangère à mon cœur ; car l'homme ne garde un souvenir vraiment vivace que des lieux où son âme fut aimante. "Vos printemps sont déjà légion, monsieur de Pinamonte." — "Paix, paix, ô mon cœur cruel !" — "Vous êtes vieux, monsieur de Pinamonte, insistait la mélancolique espièglerie de mon cœur." Eh oui, par la fourche et la queue du Diavolo ! J'étais vieux, je le savais ; quel besoin était-il de m'en ressasser les oreilles ? — "Ah ! ah ! Accoudez-vous au garde-fou du ponte Ca' di Dio ; regardez au plus loin de la nuit ! Il vous sied bien, à la vérité, de jouer l'indifférent... C'est cela, une main à la garde de l'épée, l'autre à la hanche, cela vous va à ravir. Rajustons, s'il vous plaît, cette perruque... Ah ! le petit-maître, le galantin, le volage ! À d'autres ! Écoutez-moi, je vous connais, nous nous connaissons, je suis votre cœur, votre pauvre vieux benêt de cœur. Vous avez beaucoup souffert, monsieur de Pinamonte. Mais aussi, la plaisante fureur que de n'aimer aucune chose de ce monde ! Peut-on être heureux quand on ne s'aime pas, je vous le demande ? Et peut-on s'aimer, alors que l'on n'aime personne ?" Je rougissais, je pestais comme un diable, et je ne parvenais jamais à imposer silence à mon scélérat de regret ; et, tout honteux, je finissais par approuver le vieil oiseau moqueur et déplumé de ma conscience. Combien mon passé m'apparaissait vide, glacé, misérable ! Le ciel était pur, Venise dormait ; une grande tendresse palpitait dans le vent. "Tu n'as pas aimé, tu n'as pas su t'aimer ! Et voici que l'amour fond sur ta vieillesse, ardent comme un reproche, terrible comme une vengeance ! Tu le connais maintenant !" Eh oui, je le connaissais ! Un être nouveau criait d'amour au plus ténébreux de mon être ; j'étais plein de joie et ma joie était une douleur ; j'étais plein de douleur et ma douleur était plus belle que ma joie. Mon amour cherchait en vain son expression dans mon esprit, dans les œuvres des poètes ; seules, les écritures savaient lui prêter une voix, et je chantais avec David :

« "Ô Dieu, tu es mon Dieu. Je te veux chercher dès l'aurore. Mon âme a soif de toi ; toute ma chair t'appelle du milieu d'un pays de sécheresse et de soif, du fond d'une contrée sans eau.

« "Car je veux contempler ta gloire et ta puissance, toi qui m'apparus dans le sanctuaire.

« "À cause que ton amour est meilleur que la vie, mes lèvres chanteront tes louanges.

« "Ainsi donc je te veux bénir tant que je vis, élevant les mains en ton nom.

« "Mon âme se nourrira de toi comme de moelle et de graisse ; ma bouche te chantera avec des lèvres ravies.

« "Alors que je rêverai de toi sur ma couche, sujet de méditations pour mes veilles.

« "À cause que tu fus mon secours, je veux me réjouir à l'ombre de tes ailes.

« "Mon âme te poursuit sans relâche, ta dextre me soutient. Mais ceux-là qui cherchent mon âme pour la détruire seront bannis dans les parties basses du sol.

« "Ils périront par l'épée, ils seront la proie des renards. Le Roi se réjouira en Dieu ; car quiconque jure par lui sera glorifié ! Mais la gueule de ceux qui mentent sera comblée comme la tombe."

« Et je continuais, tout en me disputant avec moi-même, ma course fantasque par les ruelles endormies. Eh ! palsambleu, oui, mon cœur avait raison : j'étais ridicule... Mon ombre maigre et désolée courait sur les canaux, sur le pavé, sur les murailles. Elle était burlesque. L'ombre de mon épée faisait à mon ombre une façon de queue de babouin désenchanté. Maigre, maigre, et voûtée, et cassée en deux, l'ombre de la précoce vieillesse ! J'étais vieux ; mais — par le Styx ! — que m'importaient l'injure du temps, le vide de la vie écoulée, la trahison du souvenir ? J'aimais ; j'aimais la douce, la détestable Mérone. J'adorais ; j'adorais le doux, le détestable Pinamonte. J'avais découvert enfin, sur le tard, une raison de vivre, c'est-à-dire de m'aimer. Je me surprenais quelquefois baisant aux miroirs le reflet de ma face ; d'avoir été caressé par les mains, les lèvres ou les larmes d'Annalena, mon visage m'apparaissait divinement beau et comme éclairé d'une douceur céleste. Je considérais mon corps — ce pauvre corps décharné de galantin sur le retour — et je me prosternais devant moi-même comme fait le païen aux pieds de son idole ; car ma chair me semblait en quelque façon sanctifiée par les joies qu'elle avait su donner à la divine Sulmerre.

« Mon amie se plaisait parfois à me parler des singularités de ma tournure, de mon visage et de mon caractère. Je découvrais, moi aussi, à chaque jour quelque détail aimable à la vampirique laideur de mon ami Pinamonte. J'avais peine à m'accoutumer à mon bonheur ; ma solitude m'avait quitté si brusquement ! Maintenant j'avais où reposer ma vieille tête desséchée de fou ratiocineur, de démoniaque tendre... Un oreiller de douceur, de songerie et d'illusions m'attendait là-bas, dans la vieille maison de la riva dell'Olio : le sein de la Mérone, le giron de la Mérone, tout de tiédeur, de mollesse et d'oubli.

— Quel geste fera-t-elle, la mieux-aimée, en m'apercevant sur le seuil de l'alcôve ? M'adressera-t-elle de tendres reproches au sujet de mes escapades de somnambule ? Me boudera-t-elle ? Ah, si seulement elle daignait soupçonner un tantinet ma vertu, me témoigner un peu de dépit jaloux ! Quelle serait ma joie, quel serait mon triomphe ! J'étudiais les contours extravagants de moi ombre sur le vitrail changeant du clair de lune, je me composais de diverses façons ; et c'étaient des airs de prince Charmant, et c'étaient des minauderies sataniques... Oui, c'est cela ; voilà : c'est d'un air dégagé et le sourire aux lèvres que je me veux tantôt présenter chez ma belle. Je la surprendrai assise sur ses coussins et plongée dans quelque lecture pernicieuse. Je froisse mon habit et mon jabot, je déboutonne à demi ma veste, je fais le dos rond et me donne de la sorte l'air d'un mauvais sujet accompli. Me voici en état de faire mon entrée. J'avance sur la pointe du pied, à la façon des voleurs et des galants. Un sourire fripon se joue sur mes lèvres. J'entre. J'entends son petit cri de surprise : "D'où diantre revenez-vous à pareille heure ?" Je balbutie n'importe quoi en toussotant ; j'affecte de fuir son regard. Elle m'ordonne de la bien regarder dans les yeux. Ma réponse est toute prête : "Trêve de simagrées, ma toute belle ; eh quoi ! oseriez-vous me soupçonner..." Je n'achève pas. "Ah ! le fourbe, l'ingrat ! Dans quel état se présente-t-il à ma vue ! Cruel amant ! Votre silence est un aveu, un aveu de trahison ! Ah ! n'approchez pas, barbare ! N'approchez pas ! Puissances du ciel ! Quand donc mettrez-vous fin à mes tourments ?" — Je n'y tiens plus, chevalier de mon cœur ; je cours me jeter aux pieds de ma toute-chère, je la couvre de baisers, je l'arrose de larmes ; je presse follement la bien-aimée contre mon cœur ; je lui découvre ma galante ruse, je la baise tendrement par tout le corps, je la berce, je l'endors doucement dans mes bras... Une sainte odeur de volupté baigne l'alcôve ; chaque heure nouvelle semble apporter un silence nouveau ; un grillon de temps en temps pousse un petit cri plaintif ; un meuble craque... La tête de la Mérone s'endort sur mon cœur ; le sommeil me gagne à mon tour ; je m'endors dans les bras de la félicité.

« Voilà de quels rêves, Monsieur le chevalier, voilà de quelles billevesées j'occupais mon esprit. Il n'était pas d'événement, de pensée, de parole que je ne rapportasse à la Mérone et qui ne me parût avoir trait à mon amour. J'étais devenu à mes yeux le centre de l'univers ; je pénétrais la signification la plus secrète de toutes choses ; mon misérable cœur abreuvé d'amertume battait maintenant la mesure au milieu de la divine harmonie des sphères ; la circulation de mon sang amoureux m'enivrait comme d'une musique d'inépuisables clepsydres. La passion m'initiait aux mystères de l'être ; je m'aimais de l'amour dont le divin brûle pour le divin.

« Je m'oubliais de la sorte aux plus singulières rêvasseries jusqu'à l'instant où, levant les yeux vers les cadrans célestes, je prenais garde que le temps, l'implacable temps n'avait point interrompu son cours. Me réveillant alors de ma sotte songerie, je faisais tout d'abord un bond diabolique, puis je partais comme un trait. L'angoisse me soulevait telle une machine volante ; et c'eût été, à coup sûr, chose fort plaisante que de me voir faire cette diligence, vers le lieu où m'appelaient mes galants devoirs.

Me voici enfin au seuil de mon paradis terrestre ; j'entrouvre en tremblant la porte du sanctuaire... Hélas ! pourquoi donc faut-il que la réalité ressemble si peu au rêve ? Ô mon rêve enfantin, ô mon désir précieux, où êtes-vous ? Où est la lampe, où est le roman français arrivé par la dernière poste, où est enfin la Mérone elle-même ? J'entre et je ne perçois que ténèbres ; je m'avance, j'écoute... rien ne branle... Je n'entends que la respiration paisible et régulière de la dormeuse. Hélas ! bourreau de rêve ! chienne de réalité ! La Sulmerre n'a point jugé à propos de m'attendre ; la Sulmerre ne m'aime pas. Maudite imagination ! Tu me la baillais belle avec tes vains mirages d'amour, de tendresse, de sincérité ! "Eh quoi ? serait-ce vous, monsieur le somnambule ! C'est chose fort salutaire que de prendre le frais avant son coucher... Allons, venez, venez tout contre moi... j'ai hâte de chanter l'introït ; et dans une heure ou deux nous entonnerons les matines." — Sombre et silencieux comme un mort, je quitte mes vêtements, je m'allonge auprès de la chère gourgandine et, dévoré des aphrodisiaques du dépit et du dégoût, je me prends à le besogner sauvagement. À mon réveil, Phébus est déjà haut dans le ciel et je me sens tout guilleret. N'ai-je pas en effet la Mérone auprès de moi ? Ne m'aime-t-elle pas à sa manière ? Que me faut-il donc encore ? N'est-ce point là la destinée de tous les humains ? "Bonjour monseigneur mignon ! Le beau soleil, la charmante journée ! Ah ! que j'y pense ! N'avez-vous pas convié le prince et plusieurs autres amis pour tantôt ?" — Telle est la vie, Monsieur le chevalier ; telles sont nos amours, et c'est ainsi que va le monde.

« Toutefois ce n'était là que ma philosophie des meilleurs jours ou des plus lourdes heures de lassitude ou de résignation. La plupart du temps, la moindre indécision dans le regard d'Annalena et la plus faible hésitation dans sa voix m'offraient une raison de changer brusquement d'humeur. Alors aux tortures de l'angoisse et de la pitié succédaient les supplices de la jalousie et de la fureur. Je me méfiais de toutes les formes de ce que l'on appelle sottement "possession" ; nulle d'entre elles ne parvenait à satisfaire mon insensé désir. Ma rageuse passion imposait à la très chère les plus cruelles pratiques de la dépravation, les plus hideuses besognes de l'obscénité. Je trouvais un horrible plaisir à me dédoubler, à me métamorphoser en mon imagination ; je m'apparaissais en esprit sous la forme grossière et sous les traits étrangers d'un matelot ivre, d'un soldat tout fumant du sang des viols et des massacres, d'un libertin sénile, baveux et rongé d'aphrodisiaques. J'étais tout ensemble acteur et spectateur dans mes tragiques ignominies. Je déguisais ma chère maîtresse en bardache, je la grimais en vieille salope sinistre et poivrée ; je traînais mon amour au lupanar, je baignais mon cher archange dans les latrines. À force de lui presser le bouton, de la persécuter d'horribles prières et d'extravagantes menaces, j'arrachais à ma toute chère des aveux qui me faisaient frémir de rage, de honte et de volupté : je me faisais initier aux affreux mystères de ses amours anciennes ; et, non content d'être jaloux de ma propre chair et de tous les vivants, je rappelais sans cesse à ma mémoire les galants anciens, et j'en multipliais à l'infini le nombre. Même je passais plus outre, car pénétrant, grâce aux particularités intimes qu'Annalena me révélait en ses transports, l'âme et la chair de mes prédécesseurs, je jouais, même frappé de folie, le drame de leurs passions depuis longtemps éteintes, la comédie de leurs espoirs trompés, la farce de leurs joies perdues ; et quand mon art immodeste arrachait aux lèvres pâmées de Manto le nom de l'amant dont je contrefaisais la luxure badine ou farouche, un horrible sentiment de dégoût et de triomphe me déchirait l'âme et secouait ma misérable chair. Démoniaque, j'étais possédé d'une légion de rivaux.

« Parmi tous ces adulateurs disparus, oubliés ou trahis dont l'énumération ne laisserait sans doute pas que de vous paraître oiseuse — diplomates, prélats, bouffes illustres, gens d'épée de tous pays — un seul me paraît digne de vous être cité, et cela grâce surtout au curieux phénomène de sentiment qu'il fit naître en mon cœur. C'était un jeune Danois de la première qualité...

« Certaine nuit d'insomnie, en fouillant dans une vieille armoire, je mis par hasard la main sur son mélancolique portrait d'abandonné. La capricieuse Annalena me conta l'histoire de ce galant en termes si pleins de tendresse que je la soupçonnai aussitôt de nourrir encore quelque amour pour son souvenir ; cependant le nom autrefois chéri du Scandinave s'était effacé de sa frivole mémoire, et je n'ai jamais connu d'autre nom à ce gentilhomme que le ridicule sobriquet de Benjamin dont l'espiègle avait jugé plaisant de l'affubler. Le visage tout rayonnant de noblesse et de douceur du jeune homme ; tels traits de son esprit et de son caractère ; le sujet de sa séparation d'avec la Mérone ; la tournure originale de la lettre d'adieux dans laquelle il mandait à l'ingrate son départ désespéré pour la Chine, enfin le tour pendable que la perfide osa jouer à l'infortuné béjaune en lui communiquant, par l'entremise d'Alessandro, la nouvelle aussi cruelle que fausse de sa mort et de son inhumation au cimetière de Vercelli ; toutes ces étranges particularités de son histoire furent autant d'éloquentes plaidoiries qui valurent à l'unique adorateur sentimental de ma Sulmerre l'indulgence et la compassion d'un amant follement jaloux et tout plein de répugnance pour les caprices vulgaires et passagers des autres rivaux.

« Les tristes amours de Benjamin m'offrirent une excellente occasion de pénétrer le cœur et l'esprit d'Annalena. À la façon dont elle m'en fit le récit, je jugeai qu'elle n'avait jamais su apprécier des nombreuses qualités du Danois que celles qui en faisaient à ses yeux un enfant timide, caressant et facile à duper. Il me fut clair aussi qu'elle prenait pour de l'inexpérience et de l'ingénuité ce qui n'était en moi qu'un besoin des plus conscients d'entretenir ma tardive flamme en me créant le plus possible d'illusions à son sujet. Ruse rampante de l'esclave, hypocrisie pitoyable de la courtisane, tendresse triomphante de la mère, que je vous connus bien toutes trois en étudiant le caractère de la Mérone ! La surprise qu'elle marqua de me voir si plein de commisération pour Benjamin me fit clairement entendre qu'elle n'avait espéré rien autre chose de sa confidence qu'un nouvel éclat de jalousie de ma part. Si étrange que lui ait pu tout d'abord paraître ma sympathie envers l'infortuné gentilhomme, elle ne tarda point d'y discerner un témoignage indirect du profond amour dont elle se savait l'objet. Elle me parla ingénument de sa découverte ; je feignis de ne m'étonner que de sa pénétration ; en réalité, la faiblesse de mon cœur me surprenait bien plus encore que la finesse de mon amie. Eh ! oui, ce que j'aimais en Benjamin, c'était l'amour dont il avait brûlé ! Je lui savais gré de s'être consumé en tristesses et soucis pour une créature qui, dans mon propre cœur, avait allumé les feux les plus cruels. Dans le fond, y avait-il en tout cela de quoi s'étonner si fort ? La tendresse est plus perspicace que l'expérience du plus sage, et plus féconde qu'une nuit de juin, et plus délicate que l'architecture des hirondelles. Tout est sagesse, mystère et douceur au cœur de la profonde tendresse, de la pure fleur de Dieu sottement souillée par le lâche, le hideux mensonge humain. Benjamin avait souffert, Benjamin avait aimé ; l'amour et la douleur dont mon cœur était débordé aimaient le doux Benjamin comme le couple égaré dans la nuit aime l'étoile qui lui sourit, la brise qui le caresse, le silence qui prête l'oreille aux tendres chuchoteries. J'avais accoutumé à considérer le jeune Danois comme une façon de compagnon secret de mon infortune, de témoin invisible de mon bonheur, de confident idéal de mes peines. La pensée où j'étais de ne le rencontrer jamais me disposait apparemment à la confiance. Il m'arrivait parfois de soupirer : "Que peut bien faire notre frère Benjamin ? Est-il toujours à Formose ? A-t-il repris intérêt à l'existence ? L'infortuné ! S'il avait seulement auprès de lui quelqu'un qui le sût consoler ! Quelle tristesse, Annalena, quelle tristesse !" La Sulmerre feignait de partager mon attendrissement ; mais je pense qu'elle s'affectait davantage des chagrins de celui qui parlait que des infortunes de l'absent. La femme est ainsi faite, Monsieur le chevalier ; elle ne conçoit pas que l'on puisse vivre dans le passé ; sa chair, son cœur et son esprit ne connaissent du temps que la minute présente, comme la libellule et comme le frisson de l'eau. Et le grand avenir ouvert aux hommes aimants et aux bêtes lui est fermé.

« Malgré que la madrée affectât souvent de se reporter au temps de ses amours avec Benjamin, j'avais toujours quelque doute sur la sincérité de ses regrets et je la soupçonnais fort de n'entretenir ma pitié qu'afin d'y trouver l'occasion de porter aux nues la générosité de mes sentiments. La femme est faible et l'hypocrisie de la faiblesse est insondable. Non contente d'avoir du premier jour discerné dans l'estime que je faisais du Danois une excellente preuve de mon amour, l'artificieuse s'en fit bientôt un moyen de défense dont elle s'accoutuma à user dans les moindres occasions. Qu'une parole un peu vive vînt à m'échapper, la Mérone aussitôt de me vanter la modération de langage et les façons honnêtes de son sentimental patito ; m'arrivait-il de lui faire reproche de sa coquetterie ou de la soupçonner ouvertement d'infidélité, c'était alors un cantique de louanges à la sublime confiance que Benjamin n'avait point cessé de lui témoigner tout le temps que dura leur commerce. "Eh quoi, cher Allobroge, est-ce un passe-temps digne de Votre Seigneurie que de tourmenter sans cesse un pauvre cœur sans malice, une malheureuse fille sans défense ? Mortel insensible ! Cœur corrompu ! Que vous avez donc bien pris à tâche de venger mon infortuné Benjamin ! Ô mon cher innocent, mon tendre mandarin ! Que je t'aimerais et te cajolerais, présentement, si tu étais auprès de moi et si je n'eusse eu le malheur de m'engouer d'un bel esprit !" La coquine mettait à ses invectives un si fort accent de sincérité que je ne les pouvais entendre sans en ressentir de l'émotion. Que la colère enfantine et rusée de ma Manto était charmante ! Que sa tristesse, vraie ou feinte, était gracieuse ! À solliciter son pardon, à calmer sa douleur, je goûtais un plaisir qui ne se peut exprimer. Je la prenais sur mes genoux, je la baisais et la berçais, je lui chuchotais des mots tendres ainsi qu'on fait aux petites filles ; je buvais ses larmes, je la tapotais doucement sur ses joues chaudes et claires de beau fruit précoce, et je me disais en moi-même : "Roquentin imbécile ! fabricateur d'illusions ! Quelle est ta sincérité, mais quel est aussi ton avilissement !"

« Je ne voudrais pour toute chose au monde vous faire le détail de ces scènes scabreuses où les larmes n'étaient que bien rarement seules à couler. Vous me paraissez d'ailleurs marquer quelque hâte d'en finir avec ce Benjamin que vous ne connaissez pas et dont vous vous moquez, sans doute, comme de Colintampon. Ma digression à son sujet a été fort longue ; mais qu'y faire, chevalier ? La faute est commise. Ne suis-je pas l'homme des digressions ? Et puis, qu'importe ? Toutefois, avant que de revenir à mon histoire, souffrez que je mentionne un autre de mes rivaux et amis : Mylord Edward Gordon Colham, jeune Anglais débarqué depuis peu à Venise dans la vue de s'y déniaiser et d'y perdre son temps en qualité de secrétaire d'ambassade. La jeunesse de l'aimable insulaire et l'expression de franchise et d'innocence répandue sur toute sa personne furent cause que la Mérone tout d'abord lui permit certaines privautés peu faites pour me plaire. Je reconnus cependant bientôt que les assiduités du béjaune n'avaient rien qui me pût donner de l'ombrage, et je finis même par me prendre de quelque goût pour le charmant Edward. La Sulmerre accoutuma bientôt de l'appeler frérot ; je lui donnai le nom de mignon. Mylord touchait agréablement de l'épinette, avait les plus beaux yeux et cheveux du monde, et paraissait ne se plaire qu'en la compagnie des messieurs de la Manchette. Je vous fais grâce de ses autres particularités ; au demeurant, le rôle qu'il joua dans le drame burlesque de mes amours se réduit à presque rien ; et dans toute la suite de mon histoire nous ne le verrons réapparaître qu'une seule fois. J'estime non moins inutile de vous parler des confidences que je ne tardai pas, selon ma fâcheuse coutume, à déverser dans son sein. Mieux que personne au monde vous connaissez déjà et l'horrible inquiétude qui torturait ma raison et l'atroce amour qui me dévorait le cœur.

« La vie est sainte et l'homme est mauvais ; et la vie se venge de l'homme. Du premier regard il m'avait semblé reconnaître en Clarice-Annalena la projection mystérieuse de la chère image tant caressée jadis par mon esprit d'enfant ; et, loin de s'atténuer avec le temps et l'habitude, cette délicieuse impression du premier moment ne fit que gagner en force et en netteté. Aimer la Mérone me parut bientôt retourner bonnement aux tendresses abandonnées des premiers ans. Dans les yeux de la belle je retrouvai le ciel et les fontaines du duché de Brettinoro ; dans ses cheveux, l'arôme du vent soufflé par le fleuve ami et la forêt fraternelle ; dans sa voix, les ris et les chansons des compagnes de mon jeune âge. J'aimai la douce un peu comme un gitonneau d'école et beaucoup comme une petite sœur puérilement incestueuse. Hélas, Annalena ! Hélas ! Mon enfance, mon enfant, mon enfantillage ! — Il n'est, à mon sens, chose si aimable au monde qui puisse être comparée au délice de découvrir dans une femme perdue quelque reste de grâce enfantine, de tendresse et de pureté. C'est plus passager que la mélancolie du dernier rayon sur la nuée grossissante de la nuit, et c'est plus délicat que la fragilité de la fleur cueillie aux bocages de l'arrière-saison. Certes, la vierge m'apparaît aimable en son innocence ; mais je suis tellement fait que je préférerai toujours la surprise de découvrir un peu alors que je ne cherche pas, à la joie de rencontrer beaucoup quand je suis certain de trouver. Le goût de l'imprévu m'a guidé dans mes amours comme dans tout le reste, et c'est à lui que je dois d'avoir pris dans ma jeunesse le train du libertinage ; car, sitôt que l'on m'eut appris sur les créatures que leurs sentiments étaient affectés, je sentis naître en moi le bizarre désir de leur en inspirer qui fussent véritables. Loin de me laisser rebuter par les échecs inévitables que j'éprouvais à ce jeu extravagant, je me faisais un divertissement d'en atténuer l'effet en les interprétant d'une certaine façon. J'opposais aux jugements sévères de ma raison tous les arguments qui me semblaient propres à me faire incliner à l'indulgence ; et comme il me fallait de la noblesse à tout prix, je relâchais sans cesse les cordons de ma bourse et je me réjouissais naïvement de découvrir, au défaut de l'amour, un peu de reconnaissance dans le cœur de mes vénales consolatrices.

« Si ingrate que fût la tâche que j'avais prise à cœur, j'y trouvai cependant mainte occasion de me complimenter sur mon optimisme libéral et galant ; singulièrement dans mon commerce avec Annalena. La reconnaissance que celle-ci avait accoutumée de me marquer à tout propos n'était pas le seul sentiment qui m'étonnât dans une fille de son âge et de sa condition. Quelque sensible qu'elle fût au faste dont je l'environnais, elle y paraissait attacher moins de prix qu'à la manière affectueuse et honnête dont j'usais à son égard par-devers le monde. Elle apportait dans ses transports les moins modestes une câlinerie mignonne qui semblait témoigner de la sincérité de son sentiment autant que de la vivacité de son plaisir. Elle avait aussi d'accorder le pardon des fautes une manière à tel point charmeuse, que je la soupçonnais parfois d'exciter avec intention les fureurs de ma jalousie. Ses bouderies étaient enfantines et attendrissantes ; elle montrait de la grâce ingénue jusque dans ses péchés ; car elle était perverse à la manière des novices et des nonnains. Ses petites larmes avaient un goût de pluie féée au blond royaume d'automne de Riquet à la Houppe, et ce m'était un délice que de baisoter ses petites moues de colère ou de dédain. Son fichu se renflait à la plus faible émotion, découvrant une poitrine ornée de tous les agréments que peut offrir l'âge délicat et troublant où les belles cessent d'être fillettes sans se pouvoir décider à devenir femmes entièrement. Son corps était comme ces beaux rosiers de mai dont le feuillage dur et frémissant présente aux lèvres charmées une petite fleur sans duvet, entrouverte à peine, lisse et aigre-douce au baiser. Mais c'était surtout le rire, le rire d'Annalena ! Rire clair, rustique, primitif, fraternel ; rire d'enfant qui me semblait tout frissonnant de murmures de sources réveillés jadis durant quelque halte nocturne au milieu d'une forêt étrange ; et tout assourdi de ramages de mai entendus dans le demi-sommeil, au fond d'un verger vaporeux ; et tout frileux d'un bruit de pluie et de grêle sur les toits de l'antique château de Brettinoro ; et tout somnolent des chansons du vent dans les cheminées désolées ; et tout ému encore du son des noëls de jadis...

« Voilà ce que je croyais entendre, moi qui n'avais jamais rencontré l'Amour ; oui, voilà ce que j'entendais, moi le plus solitaire, dans le rire singulier de la Mérone, dans ce doux rire qui s'épanouissait soudain dans la voix de ma belle comme la rose s'allume au rosier et comme se détache du chêne bruissant la grêle étrange des glands dorés de l'automne. Et je fermais les yeux, et je cachais mon visage... Trente années de solitude inquiète, d'attente passionnée, de débauche timide et nostalgique... Trente années de sécheresse d'âme, de folie d'imagination, d'impuissance de cœur ! J'avais seize ans, je lisais le *Don Quichotte de la Manche* sous le saule pleureur du parc ancestral, et j'attendais, j'attendais près de la fontaine murmurante. Et les jours succédaient aux jours, les saisons aux saisons, les années aux années... Et je me voyais, dans mon rêve obscur, rôdant sans but le monde, gaspillant la vie, prodigue d'or et d'heures de jeunesse ; admiré, flatté, fêté en tous lieux, et cependant plus misérable, dans la solitude de mon cœur, que le vieux gueusant accroupi au seuil du cimetière.

« Des souvenirs étranges de pays et de villes se déroulaient devant ma vue intérieure ; paysages de brume et de soleil, d'hiver et d'été, du Sud et du Nord ; rues et ruelles du soir et du matin, silencieuses ou bruyantes ; foules de tous pays et de toutes races ; hospitalités de palais et de chaumières ; débarcadères, relais de postes, haltes près des fleuves et rêveries d'auberges... Ah ! mélancolie et lassitude des arrivées, sentiment mélangé de vide et de regret des départs ! Et cette accablante, cette atroce certitude que l'âme sera demain ce qu'elle est aujourd'hui, et ce qu'elle fut hier, et il y a dix ans, et de toute éternité...

« Et voilà qu'un rire étrange résonnait soudain si loin, si loin et si près de moi ! Un rire d'adolescente chère à mon adolescence, un rire d'autrefois et d'avenir, un rire de sauvagesse coulant et fleurant doux tel du baume tranquille... Les yeux clos, la vie suspendue toute à cette mélodie de la jeunesse, je me reportais, Monsieur le chevalier, à mon sombre passé de rocher perdu au milieu de la solitude des mers ; à mon lugubre passé de lampe indifférente d'auberge, à mon horrible passé de vieille rigole mesurant les jours, les années et les siècles à l'écoulement monotone des pluies empoisonnées de rouille. Et lorsque je rouvrais les yeux, j'avais devant moi mon premier amour d'enfant, d'adolescent et de grison : Clarice-Annalena Mérone l'aventurière ! Clarice-Annalena Mérone, de Sulmerre, la gourgandine, hélas !

« L'ensorcelante gourgandine avait pour les ébats enfantins devant les miroirs un goût des plus vifs, ; ce dont je la reprenais souvent d'un air docte et sévère, car ces badinages solitaires n'étaient pas sans me donner quelque jalousie ; toutefois, le rire penaud de l'écolière prise en faute me désarmait en un clin d'œil, et l'image du tendre Daphnis s'allait unir au reflet de l'aimable Chloé. L'accent qu'elle mettait à ses plaintes et réprimandes me ravissait d'aise ; elle prononçait alors les mots à la façon des enfants ; quand elle disait : Barbare ! j'entendais "Balle-Balle" ; méchant ! Je répétais : "méçant" ; bourreau ! Je criais : "boulot, boulot !" et la friponne de s'esclaffer, de sauter de joie et de battre des mains. Elle inventait des jeux de malade et de chirurgien, de petite fille espiègle et de gouverneur sévère, de jeune beauté surprise dans un bois par un vieillard impudique ; et c'étaient des opérations délicieuses, des flagellations exquises, des viols sauvages, anxieux, enivrants. Elle se travestissait en jeune garçon et se mettait une ceinture dont la boucle complétait son corps ; et Ænobarbe-Pinamonte faisait sauter sur ses genoux Sporus-Annalena. D'autre fois elle se donnait des airs de gouvernante gonflée d'humeur vitupérosa, et voulait que je l'appelasse ma mie. Alors elle me menait promener, me faisait épeler dans un grand livre, me donnait l'ordre de réciter ma prière ou de déclamer quelque fable. Malheur au grimaud étourdi ! Il n'en menait pas large, par ma foi ! le fouet était toujours sous la main de la mégère. — "Deux pigeons s'aimaient d'amour..." — "Eh quoi, monsieur, est-ce là tout ce que vous avez su retenir ? D'amour..., allons, qu'attendez-vous, méchant garnement ?" — "D'amour..., madame ; d'amour ten... tendre..." La petite main armée du gros fouet se levait ; en même temps une culotte se baissait ; et voilà ce grand escogriffe de Brettinoro à genoux devant sa mie. "Ah ! le petit libertin ! Que vois-je ? Que veut dire ceci ? Mais c'est un petit homme ! que dis-je, un petit mauvais sujet accompli ! Quel polisson vous apprend toutes ces belles choses, monsieur le vilain ? Je le veux savoir sur-le-champ ; sinon j'en touche un mot à Monseigneur... — Allons, ne pleurez pas, c'est bien ; levez-vous et approchez, que je vous embrasse..." Et ma douce mie me baisait tendrement... "D'amour singulier, enfantin, pervers, profond et mélancolique ; de l'amour le plus rare, ma mie adorée ! Venez, venez, que je vous rende la pareille !" Ah ! chevalier, que les heures coulaient douces au palazzo Mérone !

« Avant que de rencontrer la Sulmerre, je n'avais jamais connu d'autre tendresse que celle qui me porte aujourd'hui encore à chérir le passé au point d'y situer ma propre existence effective et de ne rechercher nulle autre société que celle des vieux livres et des objets anciens. Le fantôme du regret n'est pas moins propre à nous rattacher à la vie que le mirage de l'espoir. En m'éprenant de la Mérone, je l'attirai dans le cercle enchanté interdit à mes contemporains ; je l'habillai en héroïne de roman poudreux ; je lui donnai pour compagne Agnès, Béatrix et Laurette de Sado, et j'approchai de sa douce face d'enfant d'autrefois mon âme rajeunie, afin qu'elle s'y contemplât comme en un beau miroir ancien lavé dans les larmes de l'amour. Je mis dans ma tendresse toute la folie de mes sens et toute la sagesse de mon âme. J'avais l'esprit sans cesse occupé de ma Mérone ; ma vie se nourrissait de la chère vie de l'ensorceleuse. En prononçant les noms de la très ravissante, je surprenais dans ma voix l'accent mystérieux des paroles sacrées, et je chuchotais : "Clarice", comme on murmure : "Reine des anges" ; et je disais : "Annalena", comme on soupire : "priez pour nous". Mes poumons reconnaissaient l'air que la trop douce avait respiré, mes yeux cueillaient sur les fleurs le regard chéri qui s'y était reposé ; les objets rendaient à mes mains les caresses reçues des doigts de l'adorée, et toute la douce nature m'apparaissait sous les traits ravissants d'une grande Annalena omnipotente et éternelle. L'amour me faisait pénétrer dans l'essence de mon être ; Pythagore d'un genre nouveau, je découvrais, en moi-même, un monde régi par les nombres mystiques ; Annalena était l'unité certaine et inconcevable dont dérivaient en combinaisons sans fin les affections de mon âme et les associations de mes pensées. L'amour est une attraction et la gravitation infinie n'est elle-même qu'une forme sensible de l'universel amour. L'image de la très chère m'était plus fidèle que mon ombre ; car l'ombre du corps s'unit aux ténèbres et se fond en elles, au lieu que le fantôme bien-aimé me poursuivait à travers la nuit jusque dans les profondeurs effrayantes du rêve.

« Une fois, une seule, je parvins à dérouter dans le sommeil ma délicieuse obsession. Cet acte de rébellion, encore qu'inconscient, m'attira un châtiment terrible. À mon réveil de ce songe sans Annalena, je me trouvai, plein de stupeur et d'angoisse, au milieu des ténèbres. La Sulmerre était loin de ma pensée ; mon rêve m'avait reporté dans le temps de ma prime jeunesse, et je pensais m'être réveillé dans ma couchette au vieux château de Brettinoro. Tout à coup, à un mouvement que je fais, je prends garde qu'un corps étranger repose auprès du mien. L'image d'Annalena reprend tout aussitôt sa place dans mon esprit ; toutefois, un affreux sentiment de détresse m'étreint le cœur. J'écoute... Pas un souffle... je crie : "Annalena ! Annalena ! Mon cher amour !" Point de réponse, rien ne branle. Enfin, je mets la main sur le briquet ; l'étincelle jaillit, la chandelle est allumée ; et voici Annalena en sa pâleur de statue renversée et blanche de lune, tout près de moi, tout près et cependant si loin, si loin ! Égarée au pays du songe, enlacée par les hautes herbes du silence, étrangère, perdue, presque morte... Terrible, terrible est le visage du sommeil ! Si près de moi, et au profond de quel abîme, et au sein de quel mystère ! — Te voilà donc, toi ! Ô toi ! Ô toi toute ! Ô toi près de moi, de moi si seul ! Pauvre de toi, pauvre de nous ! La nuit. Le silence. Ce pâle flambeau inquiet, ce vieux palais peuplé d'étranges souvenirs...

Sur la muraille, l'ombre démesurée, effrayante et baroque de ce grand escogriffe en chemise... Qui est-elle ? D'où vient-elle ? Qui suis-je ? Où vais-je ? Elle ne vivait pas dans mon rêve d'avant un instant et je n'existe sans doute pas dans le sien. Quel abîme nous sépare ! Que faisons-nous ici ? J'étends un mouchoir sur sa face, et voilà son nom oublié, perdu, effacé ; son corps n'a pas de nom ; décapité, elle-même ne le reconnaîtrait pas. Quelle vie ! Quelle éternité ! Quelle odeur de charnier ! Elle a longtemps vécu sans rien connaître de moi, hélas ! rien, pas même le nom. Et elle dormait seule ou dans les bras d'un autre, dans cette même attitude ! Et moi je courais la prétentaine au loin, au loin ! Quel froid, quelle ombre sur la mer, quel inconnu, quel silence partout ! Oui, le clair de la lune sur la Russie blanche et sur les clochers noirs de corbeaux... Et le clair de la lune sur le château grand-ducal de Mazovie et sur Windsor ! — Demain approche. Demain ne peut apporter que la douleur. Demain est toujours une séparation. L'éternité même n'est que le temps d'un adieu, la chute d'une feuille, l'éclair d'une larme. — Je crie à tue-tête : "Horreur ! Horreur ! — Ciel ! quel rire ! Comme elle rit, cette friponne d'Annalena !" — "Je vous observe depuis un bon moment, monsieur mon très cher ; auriez-vous perdu l'esprit, Sassolo, dites-moi ? Que faites-vous là ? Pourquoi ne dormez-vous pas ? Soufflez donc la chandelle, de grâce. Je meurs de sommeil. Embrassez-moi bien fort, calmez-vous, bonne nuit." — La paix rentre dans mon âme. Je souffle... une mouche se brûle l'aile... Je souffle : la voilà qui se heurte au plafond. Silence. Je souffle encore. Voici la nuit. Et voici la pluie. Quelle tranquillité, quelle douceur ! Toutes choses sont rentrées dans l'ordre. Dans quel ordre, ô mon esprit bizarre ? Dans l'ordre des choses, apparemment. Ah !... Bah !... Le grand escogriffe bâille. Ténèbres. Bruit de la pluie sur le canal. La chevelure de la Mérone sent le foin de printemps sous la lune... Et voilà, Monsieur le chevalier, voilà notre ami Pinamonte, mon ami Moi-Même qui paisiblement se rendort, tel un âne de mai ivre de jeune foin.

« Peu de temps après notre première rencontre au palais di B..., je dus me rendre à Milan dans une affaire de succession. Une légère indisposition empêcha la Mérone de m'y suivre. J'étais depuis deux ou trois jours dans cette ville quand, traversant un soir la via Paolo da

Cannobio, voisine de la cathédrale, je fus frappé de l'aspect délabré d'une maison qui paraissait bien être la doyenne de cette rue si pleine de souvenirs. Il bruine doucement. Les sons plaintifs d'un clavecin se font entendre dans l'éloignement. Voilà notre ami Pinamonte en plein rêve ; il lui semble que la porte surmontée du blason des Ricci l'invite ; déjà le seuil est franchi, le long corridor traversé ; et voici une petite cour à colonnade, aux dalles disjointes, branlantes et rongées de mousse. Dans un coin obscur, une tête lépreuse de chimère crache un petit filet d'eau verdâtre dans un bassinet limoneux. Pinamonte lève le nez, écarquille les yeux : "C'est la maison du Passé, c'est la maison du Passé", chantonne ce diablotot de clavecin. "Regarde bien, ami Pinamonte ; ces hautes fenêtres troubles ne sont-elles pas de ton goût ? Tin, tin, tin ; Annalena a vécu là il y a cent ans. Tin, tin, tin ; elle arrosait les fleurs à la fenêtre de gauche tous les matins ; tous les matins d'il y a cent ans. Lan, lan, lan, lanlaire. Dans le vieux temps, dans le pauvre vieux temps lointain." — Une fenêtre s'ouvre, une affreuse tête de vieille coiffée d'un bonnet monstrueux m'interpelle : "C'est par ici, là, la petite porte à votre gauche ; entrez, entrez donc, de grâce... Il y a trois marches... Vous êtes M. Spallantini, n'est-il pas vrai ? Le maître de danse ? Venez, venez ; voilà une bonne couple d'heures que M. de Tassistro vous attend." Au lieu de répondre, je reste planté là, moitié figue, moitié raisin. Je rougis, je tousse, je me mouche, je porte la main à mon chapeau. Que faire, par le Styx ! Quelle excuse donner, par le Diavolo ! La vieille chipie ne va-t-elle pas me prendre pour un voleur, pour un assassin ?

— Je balbutie l'enfer sait quoi : "Vieille maison, ma bonne ; amour du passé, curiosité... étranger de passage à Milan, légère ivresse, chagrins..." Puis, je prends mon essor, et d'un bond me voilà au milieu de la rue.

« Bien des mois après cet événement mémorable, je me trouve dans le boudoir d'Annalena. C'est dans l'été. Il fait chaud. Je muse. Je m'ennuie. Je prends un livre, je le parcours distraitement, je le jette. Je suis du regard le vol d'une mouche. Elle se pose sur la vitre, et c'est le grand silence d'un soir de juin.

Ah ! voici un baguier. Je le prends, je l'ouvre, et, tout en m'abandonnant à des rêveries incohérentes, je fais sauter les bijoux dans ma main. Je songe vaguement à mon dernier voyage ; je revois en pensée ma chère cathédrale, la via Cannobio, la maison du Passé. Ma main saute toujours. Une bague tombe. Je la ramasse et l'examine minutieusement, tout en rêvassant à autre chose. J'aperçois un chiffre gravé dans l'anneau. Je m'approche de la fenêtre : "1708. P. Tassistro." Je me signe, je jure, j'appelle Clarice, je l'interroge. Elle n'avait jamais remarqué l'inscription. La bague lui venait d'une grand-tante. Jamais elle n'avait entendu parler de la famille Tassistro. Il y a un grand mystère au fond de toute tendresse, un impénétrable secret dans le sein de toute passion ; un rêve que l'on oublie au réveil, un silence que l'on n'ose troubler, un mot que l'on craint de dire.

« J'ai aimé profondément ; j'ai le droit de parler. Mais malheur à qui prend le nom de l'Éternel en vain ! Rien n'est étranger à notre misérable entendement comme ce terrible et doux amour qui est le principe de l'être et qui fait fraterniser notre cœur avec le caillou du chemin ; car nous avons peine à supporter la vie, et notre amour s'enivre d'éternité. Tout est obscur dans ce qui a pu être avant nous, tout est mystère en ce qui nous doit survivre ; cependant l'esprit répugne à séparer l'idée de l'amour tant de ce que nous fûmes avant que d'apparaître en ce monde que de ce que nous serons après l'avoir quitté ; et le fait de pouvoir, au séjour temporel, aimer d'un même amour des êtres dissemblables à des époques différentes, est peut-être le plus sûr des arguments à opposer aux négateurs de l'immortalité. Les amours passent et meurent ; l'amour demeure et survit ; et telle est la puissance de ses formes terrestres de manifestation : art, enthousiasme, beauté, qu'il finit toujours par l'emporter sur le mensonge, père de la laideur et de la démence. L'amour est cela qui subsiste et qui constitue la personnalité. Que si nous ouvrons le livre incohérent de notre passé, nous voilà tout surpris d'y lire l'histoire non de l'individu que nous pensions être, mais d'une foule turbulente d'étrangers ; et si nous avons le bonheur d'y rencontrer quelqu'un qui ressemble un peu à ce que nous sommes aujourd'hui, gardons-nous bien de lui parler autre chose que sentiment !

« Mon premier soin avec la Mérone fut toujours de lui déguiser ma pensée. La douce venait de trop loin ; elle était mon cher fantôme sentimental des jardins sauvages de Brettinoro ; elle était le sens caché de ma vie, la forme de mon existence hors du temps ; des paroles que je lui adressais, aucune n'avait trait aux choses du présent ; et l'amoureuse simplicité de mes propos étonnait sans cesse mon esprit. Comme je suis primitif ! me disais-je en moi-même ; que veut dire ceci, que signifie cela ? Suis-je donc un habitant du Saana ? Comme la nature chante dans ma voix ! Quels frissons de forêts défuntes, quels battements d'ailes d'oiseaux étranges, disparus ; quelles prières enfantines au soleil, à la lune, au silence, au vent ! Comme l'on sent que tout ceci a déjà été dit jadis, il y a très longtemps, avant, avant, toujours avant, bien avant toutes choses ! Voici le verbe, le verbe nombreux à la signifiance unique, le langage tendre, mystérieux, translucide des saisons renouvelées, des mondes détruits et réapparus, sons passagers dans le cantique sans commencement ni fin ! Et je répétais : "Ma chère vie, mon grand ange palpitant, mon aimée profonde ! Tes yeux, tes mains, tes genoux, ta bouche ! La trace de tes pas dans la poussière, ta voix dans la nuit, ton sommeil sous la lune, tes cheveux dans le vent ! Pourquoi es-tu comme la fleur sur l'eau, comme le nid au creux de l'arbre et comme l'écho dans la forêt qui menace ?" Je disais ces pauvres et saintes choses, et dans chaque mot je trouvais le mot de l'énigme du monde...

« Parfois, en contemplant le ciel et la mer, je sentais du fond de mon âme se lever une tendresse si grande que le plus sublime spectacle m'en paraissait amoindri ; et je ne trouvais alors, pour témoigner aux choses mon amour, que des cajoleries de vieillard pleurant sur un berceau. "Voici l'océan nourricier, créé, exploré et enfermé dans la nuit", m'écriais-je ; et voici la nuit mesurée et enveloppée de lumière ! Le vent plaintif s'est levé ; ma pensée amoureuse va plus loin que le vent et plus loin que cela même qui scintille là-bas et qui est Vénus. Que le cercle des réalités apparaît petit à qui l'embrasse du centre spirituel ! Eh ! mais, c'est qu'il est vraiment petit, petit et charmant à en rire, cet univers enfantin offert à ma terrible tendresse ! Je ne le comprends guère et j'en conviens ; la plus pauvre chose passe mon entendement ; un grain de sable de la route, une larme de la mer, un mouvement d'ailes de la mouette ; mais qu'importe que ma raison ne pénètre jamais qu'à demi cette aimante éternité livrée à mon amour ? N'est-ce pas se rapprocher des choses, se fondre en elles, que se reconnaître étranger à son propre entendement ? Je ne connais pas les raisons de l'être, mais je les sens ; et je sens que l'amour et la beauté peuvent tout, tout hormis "n'être pas". Tendres, tendres choses ! Tendres et profondes ! Comme vous avez besoin de ma pitié pour vivre ! Comme votre infinité vous ferait peur si l'idée de l'infini n'était pas mon amour même ! Quelle harmonie règne entre nous ! Ne suis-je pas en vous, n'êtes-vous pas en moi ? Que de douceur en nous et hors de nous, que de sagesse nécessaire et irraisonnée ! Et que ce grand orbe mobile semble donc bien fait pour comprendre mon immense cœur en mouvement ! Amour, commencement et fin, Amour et amour. Vous voici, criais-je follement ; vous voici enfin, ô Amour ! Que votre présence est douce ! et que votre ombre au long de mon ombre est terrible ! Avant notre rencontre vous ne m'étiez qu'un Dieu, un pauvre Dieu personnel ; un Dieu dans le ciel et une crainte au cœur de l'homme ; et vous voici vous-même enfin, et vous voici amour, amour et douleur ! Oui, douleur ; ah ! certes oui ! douleur ; car vous vous êtes dévêtu de votre mystère. Vous passiez la raison en ces vieux jours de votre divinité ; vous étiez inimaginable ; votre nom était Infini ; la date de votre venue était Futur.

« Et maintenant vous êtes là, près de moi, vous l'incessante création, vous la chose qui n'a nul souci de se connaître, vous le premier cri du nouveau-né ! Ô Amour, infini dévêtu de mystère, Dieu dans sa nudité sublime, écrasante nécessité, dominateur de la Raison, Christ dans le monde du pain et du vin et de l'enfantement. Toi, langage parfait après le balbutiement enfantin des sages ; toi, l'idée éternelle ou la chose introuvable pour l'un, la volonté évidente pour l'autre ; toi qui ne peux être ni idée, ni chose, ni volonté, étant toi-même ! Ô Évidence terrible ! Ô Infini dévêtu de mystère ! quelle poésie, quelle musique, quelle peinture, quelle danse exprimera jamais l'éternité de ton propre étonnement devant la splendeur d'être toi-même ! Viens ! Enlace-moi ! Allons vers les jardins qui sont sur les mers ! Allons vers les sources qui sont dans les forêts ! Foulons de notre pas humain le sable qui caresse, et la pierre qui déchire, et la poussière de la lune qui fait toutes choses vieilles ! Et crions, afin que nous entendent nos fils, les dieux de tous les temps et de toutes les races ! Et que je ne sois plus l'homme et que tu ne sois plus la femme ; car tu es l'amour en moi, et nous sommes l'unité suprême formée de deux terrestres unités ! Et allons réveiller, sous le chêne ébloui de vent, celle qui fut notre couche commune, la Clarice-Annalena, pitoyable et pâle dans le monde du pain et du vin et de l'enfantement. Viens, enlace-moi, Amour ! Toi dont les pieds sont plus bas que toute l'abjection et dont la tête rayonne au-dessus de toute clarté ! Chant des constellations, petite courbe harmonieuse sur la coquille phrygienne, harpe du soleil levant, auberge des vents, pâmoison écumante des mers ! Toi qui m'as fait connaître l'éternité ! Fils du Dieu vivant ! "Ta face brille comme le soleil, tes vêtements sont blancs comme la lumière !"

« Ainsi qu'un homme que le sommeil abandonne, je m'approche de toi, ô fenêtre ensoleillée et bourdonnante de mouches, ô Amour, fenêtre ouverte sur la vie ! Et voici que je vis le moment de la vague, et le clin d'œil étincelant de l'écume, et l'éclair d'une aile blanche au milieu de l'aveuglement des eaux ! Espace, espace qui séparez les eaux ; mon joyeux ami, comme je vous aspire avec amour ! Me voici donc comme l'ortie en fleur dans le soleil doux des ruines, et comme le caillou au tranchant de la source, et comme le serpent dans la chaleur de l'herbe ! Eh quoi, l'instant est-il vraiment l'éternité ? L'éternité est-elle vraiment l'instant ? Vanité des rêves humains, noirceurs de l'orgueil et du mensonge, que je vous moque dans le rire doux des mouches enivrées ! Petite palme frileuse offerte au vent d'acier, petit galet luisant dans l'écume pâmée, et toi, homme de peine en haillons mâchant ton pauvre pain en face des splendeurs terribles du Fils de l'Homme ! Quelle sagesse en vous ! Comme je vous aime ! Qu'il m'est doux d'être le battement le plus secret de la chair immortelle ! Ô éternité ! quel maître doux, quel frère amoureux tu as trouvé en moi ! Avec quelle libéralité je te multiplie de toute la hâte de mes instants humains ! Avec quelle sûreté je te prédis ton demain à toi, grande sentimentale qui ne te connais pas encore ! Car il reviendra, le farouche amour, car elle est toute proche, la terrible vérité. Et je sais sous quelle vague elle brille, la pierre, la pierre qui doit briser la bouche du mensonge, de la laideur et de la folie ! Car ils se déchireront bientôt, les vieux horizons étouffants, laissant enfin paraître les lointains de musique et de miel de la consolation ! Qui le nierait, alors que toute ma chair brûle de prophéties ! Qui s'en gausserait, alors que toute la révélation finale baise déjà mon sang de ses lèvres enflammées ? Luxure secrète de l'être, battement dans le ventre de la vie, gonflement de la tendresse dans le cœur des cœurs, je te sens, tu me pénètres de toute ta fureur, ta chaleur humide est sur ma bouche, tes larmes labourent mon visage.

« Ah ! vieux monde imparfait de la joyeuse nouvelle ! Comme tu chancelles au bord de l'éternité ! Viens sur mon cœur, ô monde accompli, ô berceau et fosse commune d'une race immonde ! Je t'aime de tout le désespoir des derniers instants ! Déjà ton ciel pâli s'agite comme un chiffon sali de pleurs d'adieu ! Ah ! comme je t'aime, apparence ancienne d'un monde mourant, vieille peau de bête malade ! Ô Amour ! ne lui fais point de mal ! Ne te venge pas trop bien ! Laisse-le mourir de sa mort ! Pardonne à ce monde où tu fus sans royaume, oublie le crachat sur la face et les clous dans les os, et l'éponge, ah ! l'éponge, l'éponge (car tout était si bien calculé ! Il manquait encore une goutte d'amertume ; une seule, une seule, afin que tout fût accompli !) Oublie, ô mon amant ! Ne le frappe pas ; laisse-le pourrir doucement dans son sommeil. Vois, ses pauvres dents sont déjà brisées ! La pierre est dans le gosier ; la vieille vipère ne trouve point d'issue. Et que t'importe ? N'es-tu pas moelleusement couché sur le trône du cœur ? N'as-tu pas mes yeux sur tes yeux ? Ne suis-je pas debout à ta face, éternité devant l'éternité, amour devant Amour ! Laisse-le pourrir doucement !

« Tu ris, ô mon amant ! Serpent, dis-tu ? Ah ! tu n'es que soleil et que rires ! Mais la prudence du serpent a du bon, entends-tu, ô bien-aimé ! Puissant, puissant ! Et surprenant, et délectable ! Et profond ! Ah ! profond. Plus profond que les cieux, et les mers, et les terres dont tu es le principe et l'essence ! Plus profond que tous les anciens désirs de Dieu ! Profond, profond, profond ! Raison d'être, cœur, amoureuse évidence de toutes choses ! Toi qui fais du terrible infini une petite chose douce à soupeser dans la main ; toi qui es répandu dans toute la matière considérée jusqu'à ce jour comme inconsciente ; toi qui pénètres toute la nature radieuse ; toi par qui le pain et le vin sont sa chair et son sang, et par qui sa mort est l'obscurcissement du soleil ; ô Consolateur, vers qui nous levons nos yeux aveugles ! Je t'ai entendu chanter, la nuit, dans la voix de la mer, sur les sables tourmentés ! J'ai vu ton ombre maintes fois se pencher sur le sommeil de Madeleine ! Je t'ai senti frissonner dans les choses les plus pauvres et les plus mortes. Tu as battu, galet des plages solitaires et sinistres, tu as battu contre mon cœur ! Quelle sagesse, ô rose, tu exhales ! Quel enseignement me vient de vous, insectes insensés, dans la clarté de miel sombre du soir ! Neiges des sommets, haillons du pauvre, brumes sur les faubourgs, avec quelle ferveur un seul et même principe vous pénètre ! Ô Dieu dans ma chair ! Ô Dieu dans ma tendresse, ô Dieu que je touche, regarde ! Comme le bien-aimé est beau !

« Et toi, toi dont le battement de cœur mesure l'infini, comme tu es humble et proche, Amour ! Chose en soi, raison infiniment nécessaire de toutes choses, Dieu dispersé et unique, maître de la Volonté, conducteur de la Raison, introuvable de la Science, chemin battu du Sentiment ! Comme tu es sur moi, et au-dessous et au-dessus de moi, et comme tu es en moi ! Ah ! doux mot qui jamais n'a été prononcé ! Ah ! certitude éclatante de simplicité ! Comme tu m'enveloppes, comme tu me caresses, comme tu t'insinues dans la chair de mon cœur ! Hé ! vraiment, n'était-ce que cela ? Tant de labeurs, tant de recherches et de combats et de séparations ! Cela et seulement cela ? La subtile, la profonde, l'insupportable certitude de l'Amour ? Ô la plus ingénue des révélations ! Mais quel demain ! Quelle vengeance ! Quelle atroce vengeance ! Quel écroulement des pourritures de l'orgueil et du mensonge ! Quelle lèpre sur les hommes et sur les cieux ! Puis quelle beauté, quel calme, quel horizon d'amour à jamais dévoilé !

« Ô futur d'amour parfait, seul en face de toi-même, comme tu es proche ! Homme nouveau ! Comme le bruit de ton pas se multiplie ! Écroulez-vous, bornes sans amour des horizons ! Apparaissez, lointains véritables ! Un : révélation. Deux : attente. Trois : approche. Quatre : affreux tourbillonnement. Cinq : pierre de la Vérité qui brise les dents. Six : délivrance. Sept : extase, extase ! Éternité d'extase !

« Quelquefois le tumulte de mes sentiments était si grand, le mouvement de mon cœur si précipité, l'envie d'épancher toute mon âme en un seul cri si impétueuse que, jugeant vaines et infectées de raison non seulement les paroles qui me venaient aux lèvres, mais encore les plus ardentes invocations des livres sacrés, je renonçais au plaisir même d'emprunter au langage des hommes une expression pour le trop-plein de ma tendresse et de ma gratitude. Alors, comme poussé par un vent de folie, je me précipitais à la rue ; je pressais sur mon cœur hommes, femmes et enfants ; je jetais à pleines mains argent et bijoux, riant aux larmes s'il m'arrivait d'entendre attribuer à l'influence du vin ce que je savais être un effet de la plus sage tendresse. "Ils ont toujours des pauvres, et Lui, Lui, ils ne l'ont plus." Je baisais avidement les pierres éblouies, les arbres muets de chaleur, l'eau paresseuse et odorante des canaux ; sans y mettre aucune distinction, j'enveloppais de mon amour toutes choses de la nature, les minimes comme les considérables, les répulsives tout aussi bien que les attrayantes ; l'aveugle et sourde matière m'apparaissait imprégnée d'amour jusqu'en ses germes les plus infectieux, en même façon que le pire de l'homme participe encore à quelque degré de l'ange.

« Certes, ma cruelle raison n'a point laissé, avec le progrès des ans, de mêler quelque ridicule au souvenir de ces jours attendris et fougueux ; cependant, l'exaltation où je me trouvais alors m'apparaît, aujourd'hui encore, bien plutôt outrée dans son expression que déraisonnable en son essence. Ne suis-je pas, en effet, redevable au seul amour de toute cette tardive connaissance vainement pourchassée aux grimoires humains ? Ne m'a-t-il pas enseigné à chercher le sel de la terre aux lieux où quelque chance subsiste de le découvrir ? Ne m'a-t-il pas appris, enfin, à m'abandonner à la vie comme le dormeur se livre au songe et à transposer dans la réalité raisonnée toute la douceur du monde sentimental des rêves ? Ah ! chevalier, c'est cette dernière influence singulièrement qui m'a fait estimer la sagesse de l'amour sur toutes autres ! Car le rêve a ce pouvoir salutaire de nous faire brûler d'une flamme plus grande pour ce qui est beau, et de nous secouer d'un frisson plus violent au spectacle des objets immondes et de nous tirer des larmes plus brûlantes à la vue de l'infortune. Si les choses nous apparaissent en songe plus grandes, plus belles, plus touchantes ou plus terribles, c'est à cause qu'elles y sont mesurées à la puissance d'un sentiment délivré des liens de la raison. Le simple fait que certains rêves reproduisent avec plus ou moins de fidélité les images reçues par les sens suffit parfois à engendrer des doutes profonds ; que sont ces doutes, cependant, à comparaison de la confiance que nous gagnons à rapprocher ce qui nous gouverne à l'état de veille de ce qui nous guide dans le songe ? Le sentiment nous présente le miroir approfondi des rêves, et quelle est notre surprise de nous y reconnaître sous les traits de l'universel amour ! Grâce à ce jeu divin, nous apprenons que le monde extérieur n'est réel qu'en tant que l'intelligence qui l'anime est le reflet du sentiment qui brûle au tréfonds de l'être ; car toute chose hors de nous procède de ce qui est au-dedans de nous. En même façon que l'âme est l'expression de l'amour de Dieu pour Dieu même, l'objet est le mode de l'amour de l'homme pour l'homme. Tout de même encore que l'Amour infini lequel, embrassant toutes choses, contient nécessairement la notion de l'imparfait et partant brûle d'une adoration sans cesse plus passionnée de soi-même, nous existons, en tant qu'objet, pour le seul dessein de magnifier, par la création continue du beau, cette certitude unique, cette réalité suprême d'un monde intérieur qui est tout amour.

« Si nous chérissons l'existence temporelle, ce n'est donc point à cause que nous venons d'elle, mais par la raison qu'en y trouvant de quoi réaliser la beauté dont notre âme nous présente le parangon, nous glorifions et la créature que nous sommes parmi les créatures, et cet amour originel dont la nécessité de s'adorer sans cesse davantage se manifeste à nous dans la notion que nous avons de l'infini. Car la chose sans fin ne saurait en aucune façon être telle en soi, mais seulement en tant qu'attribut de l'amour ; et il est de sa nature, tout ainsi que de celle du désir chez l'être borné, d'être un mouvement illimité par cela même qu'il ne peut avoir de but en dehors de soi. Pour ce qui est de notre idée du néant, j'en aperçois l'origine dans une imagination faussée par le Mensonge, ce contradicteur orgueilleux et stérile, cet impuissant ennemi de l'amoureuse évidence. Le monde, aux yeux du mystique, est tout affirmation ; en saurait-il être autrement de la manifestation sensible d'un Dieu dont le pouvoir n'a point d'autre limite que l'impossibilité de n'être pas amour, c'est-à-dire de n'être pas ? La vie véritable est une initiation par la tendresse. Si dès les premiers âges nous avons appelé l'amour du nom suprême de Créateur, c'est que ni l'esprit ni les sens ne nous suffisent à faire du séjour temporel une réalité. Car ce n'est pas ce qui vient à nous, mais bien ce qui vient de nous qui est la vie véritable. Être, c'est créer et non recevoir sa vie ; or, l'amour est l'instrument unique d'une infinité de créations possibles. Ce que nous appelons réalité n'est point une chose qui s'offre à nous, mais un fruit de l'initiation, et l'initiation commence avec l'amour. Il n'est donc pas seulement ingénieux, logique ou sublime, mais d'absolue nécessité d'identifier, au sens terrestre, la science du Divin avec une Béatrice née d'une chair et d'une âme. Le ciel n'est point le rêve d'un fiévreux ; les chemins qui y mènent sont de sable et de roc, de sable et de roc pénétrés d'amour, gorgés d'amour à en pleurer ; avant donc que d'entreprendre la conquête d'une réalité si formidable, tâchons à nous bien pénétrer de réel amour durant la vie préparatoire dans le temps.

« Sans doute, la confidence que je vous fais ici de mon passé vous apparaît déjà trop étrange par elle-même pour qu'il me soit permis d'y mêler une description détaillée de visions plus fantasques encore. Je me bornerai donc à vous conter un seul de ces innombrables songes où mon amour trop humain m'apparut avec tout son cortège d'attendrissements, de doutes, de terreurs et de dégoûts. J'étais sujet à des accès de somnolence qui me surprenaient en plein jour, souvent au plus fort d'un entretien animé et quelquefois même au plus bruyant de la rue. Un sentiment de sécheresse dans la gorge, un fourmillement autour des yeux et un grand vide dans tout le corps précédaient d'ordinaire la crise. Je n'avais alors que le temps tout juste de me traîner jusqu'à mon lit ; et, sitôt que je m'y laissais choir, le lourd sommeil tombait en moi comme un désespéré saute dans un puits avec une pierre au cou. Je demeurais insensible une heure ou deux ; après quoi je me réveillais aussi brusquement que je m'étais endormi, tantôt riant aux éclats, tantôt pleurant à chaudes larmes. Or voici ce qui m'advint durant un de ces sommes bizarres : je me retrouvai dans un palais fort noble dont l'ordre et le meuble m'intriguaient au plus haut point par l'étroite union que j'y découvrais et d'un goût très sûr et d'une singularité indéfinissable.

La tête haute, une main à l'épée, l'autre à la hanche, le chapeau sous le bras, me balançant noblement sur la pointe du pied, décharné et tout plein d'orgueil, je parcourais salles et galeries au bras d'un vieux gentilhomme qui m'en faisait les honneurs. En dépit des façons honnêtes de mon hôte, de la bonhomie de son sourire et de l'enjouement de ses propos, je ne goûtais que médiocrement ce tête-à-tête ; et à chaque fois que mes yeux rencontraient ceux du vieillard, je ressentais dans mon esprit un malaise d'autant plus inquiétant que je cherchais en vain dans l'honnête physionomie quelque trait qui le pût justifier. Je ne connaissais en aucune façon le lieu où je me trouvais, ni l'objet qui m'y avait amené ; encore moins avais-je mémoire d'avoir jamais rencontré le jovial personnage qui m'y faisait si bon accueil et que j'appelais, avec une hypocrite familiarité : "Mon cher marquis de Lamorthe." Tout en me promenant à travers d'interminables enfilades de salons, le maître du logis me contait tantôt de curieuses historiettes de sa vie de cour, tantôt de graveleuses anecdotes d'auberges ou de camps ; mais je ne me laissais distraire de ma sombre rêverie ni par la magnificence de ce qui surprenait ma vue, ni par le piquant de ce qui m'offensait quelque peu l'oreille. J'étais oppressé par l'étrange sentiment qu'une chose affreuse, un être sans nom, un monstre inconnu me surveillait de quelque cachette et n'attendait qu'un mouvement de ce cher marquis pour m'apparaître dans son horreur. Toutes les fibres de mon corps étaient tendues par l'attente ; le temps est si profond, si lourd, si hostile dans le rêve ! À la fin nous nous arrêtâmes devant une croisée large ouverte sur un parc que je jugeai ou plutôt devinai immense ; car la haute muraille qui l'environnait se dressait à très peu de distance de la fenêtre et ne découvrait à la vue que les branches supérieures des vieux arbres immobiles, sombres et touffus. Le marquis interrompit son badinage et se prit à m'observer furtivement. Un silence surnaturel, mort de tout mouvement plutôt que simple absence de voix ; une mélancolie quasi répulsive épanchant sur toutes choses une lumière sans vie ; l'absurde proximité du mur élevé là comme pour le seul dessein de dérober aux regards un jardin sans doute fort beau... Mon angoisse devint intolérable. J'étouffais dans cet enfer de silence. Il me fallait, coûte que coûte, entendre quelque son, ne fût-ce que celui de ma voix. Dans mon trouble je murmurai donc : "Puissances du ciel ! Voilà qui est étrange !" Alors le marquis me sourit doucement, cligna de l'œil, dodelina de la tête et le petit colloque suivant s'engagea devant l'affreuse muraille : *"Le marquis* : Eh ! eh ! à coup sûr, singulière chose que la vie. Ah ! les philosophes ! Ah ! ah ! Cultivons notre jardin ! Et voilà le seul jardin que l'on cultive raisonnablement... le seul, par ma foi, là, devant nos yeux. Et le vieux tran tran continue en dépit de tout. Le même ciel, le même soleil ; le même amour aussi, le même amour surtout. Ne trouvez-vous pas l'odeur de ce jardin bien délicieuse ? — *Moi* : Certes, mais ce mur... — *Le marquis* : Ah ! ce mur. Ah ! ah ! Oui, ce mur. Cependant... Au diable le mur ! Car que m'importe ? J'ai de l'air ici et je me soucie bien du reste. — *Moi* : Mais la vue, ce me semble, serait plus attrayante... Ne pourriez-vous pas le faire abattre ? — *Le marquis* : Oui, il y a là de fort beaux arbres, j'en conviens ; et s'il ne tenait qu'à moi... Mais ceci n'est point ma propriété. — *Moi* : Se peut-il vraiment ? Mais alors, qui donc est l'heureux... — *Le marquis* : La ville voisine, Vercelli. Et toute la province. Ils songent d'ailleurs à l'agrandir. C'est déjà très encombré... — *Moi* : J'entends ; le dimanche sans doute ? La canaille du voisinage ? — *Le marquis* : Oui, mais bon nombre de personnes de qualité aussi. Grâce à cette... à cette (passez-moi le mot, monseigneur), cette gourgandine célèbre... — *Moi* : Bah ! Une créature ? Et qui donc ? — *Le Marquis* : Non, vous ne sauriez imaginer rien de plus bouffon ! Ah, ah, ah ! Des centaines ! Que dis-je ! Des milliers... — *Moi* : Mais c'est donc Cythère, ici ? Ah ! mon cher marquis, je vous soupçonne de... — *Le marquis* : Oui ; des milliers, des caravanes, des légions. Des légions de galants ! Et dans un appareil ! De vrais babouins, mon cher comte-duc. Quelquefois aussi des larmes, des soupirs, des gémissements, des couronnes, des flambeaux... Il en vient de tous les coins du monde. Gens d'épée, de robe, de lettres, d'église même. Quel siècle ! Ah, ah, ah ! Singulier mélange d'obscène et de macabre ! Luxure et putréfaction. Fleurs et vermine. L'amour, la galanterie dans un cimetière ! Avec une Annalena de Mérone, une prostituée morte, une pourriture de la pourriture ! En vérité, la dissolution des mœurs..." Ce cher marquis n'eut pas le temps d'achever. Un cri — et ce fut le réveil. Horrible, horrible réveil ! Depuis cette nuit-là, chevalier, la simple vue d'une clôture de cimetière m'emplit de crainte et de dégoût.

« Le sentiment seul est réalité. Tout le reste n'est que mirage tant de la vie temporelle que du songe. Ainsi, en rouvrant mes sens à la clarté des heures si pleines d'amour, j'avais le double sentiment de sortir du rêve et de m'en retourner au rêve. Je connais d'expérience l'action brutale ou caressante de tous les stimulants, de tous les narcotiques ; j'ai traversé maintes fois la plaine enflammée des pavots, et dans ma nacelle tressée de chanvre indien j'ai mesuré les profondeurs interstellaires. Misérables inventions ! Simulacres vils ! Rien ne vaut l'herbe douce-amère pleine d'été, de silence et d'orage, d'une chevelure qui se noue autour de notre tristesse comme l'algue harmonieuse autour du noyé ! Rien ne vaut le fruit palpitant d'une bouche inépuisable où chantent nos souvenirs, où gémissent nos désirs, où se lamentent nos regrets ! Rien ne vaut le regard fascinant et redouté qui vient de plus loin que la vie, qui va plus loin que la mort ; rien ne vaut la chair frémissante qui se dresse, fleur du Saana, grand aloès tonnant, vers l'aimant mystique du soleil, du soleil satellite immédiat de l'amour ! Chair mystérieuse et sacrée ! Vase du sentiment ! Signe visible de la prière ! Éclosion radieuse de la certitude ! Argile sainte, pâmée encore de la caresse de l'ouvrier divin ! Ô forme rapide de l'universelle tendresse ! Voici les baisers pleins de temps et d'amertume, tristes et beaux comme le regard mesuré des étoiles ; et voici la Maternité formidable, et la pâle Stérilité, sublime aussi en sa douleur de prostituée, et sainte, sainte, sainte ! comme la naissance même. Et voici enfin, sur l'autel pantelant, le mariage de l'âme impérieuse et de la chair fidèle du sentiment, omnipotent et de la raison docile !

« Tout cela, chevalier, tout cela je l'ai connu, je l'ai vu, je l'ai touché. Eh oui, mon amour était terrestre, impur ; blé sauvage et lépreux et amer, ravagé par la nielle du dégoût et de la sénilité... Qu'importe ! Le ver s'attaque aux plus pures choses. Quand l'Adoration est là, brûlante et profonde, n'est-ce point peccadille que la pire aberration ? Hélas ! je me souviens. La mer soufflait sur les sables du Lido ; une ombre trop belle enlaçait mon ombre ; tout était lumière, douceur et sagesse ; et dans l'air irréel, le lointain faisait signe au lointain. Mon amour enveloppait l'univers ; toute l'éternité du bonheur râlait dans ma gorge ; et ma vieille angoisse était réduite à une faible tache d'ombre sur le roc ébloui. "Que cherches-tu donc encore, palsanguienne, ô Pinamonte, ô insatiable ganache ! Toutes choses ne sont-elles pas plus près de toi que toi-même ? N'entends-tu pas monter de ton cœur le bouillonnement de la source des mondes ? Ton amour ne se suffit-il donc pas ? La chose qui se consume n'est-elle pas le feu ? L'être qui aime n'est-il pas l'Amour ? Fils de l'homme, la clef est dans tes mains.

L'aveugle seul maudit la clef inutile ; mais toi, toi qui as des yeux — que dis-je ! — toi qui as des yeux et qui vois !" Hélas ! non, il me manquait encore quelque chose. Le sanglot de la joie nouvelle m'étouffait. "J'ai soif ! J'ai soif encore ! Toute l'amertume n'a pas été bue ; il en reste certainement de quoi remplir une éponge !" Les bras en croix, je m'étendis sur le rivage. Et le Soleil me cloua à la terre !

« Parfois à ces frénésies du cœur, à ces tumultes de l'esprit succédaient de longues heures non d'apaisement, non de prostration, mais comme d'indifférence absolue envers toutes choses du monde, mais comme d'oubli parfait de soi-même. Alors une ombre illimitée tombait sur mon cerveau, ténèbres d'avant et d'après le Soleil ; et je redevenais un infini de matière immobile, informe et brute où tout est déjà contenu et où rien ne se manifeste encore. Et je contemplais ma forme comme une chose absurdement lointaine et soustraite à ma volonté. Et soudain quelque chose de doux, de profond, de tendre, le Verbe ; quelque chose d'énorme et d'infinitésimal, d'inouï et d'éternel, rompant la monotonie patiente de mon être, se prenait à tourner follement, espoir, joie, terreur, insatiabilité ; à tournoyer follement, hâte, triomphe, affirmation, certitude ; à tourbillonner follement, force obscure, inexplicable, indéfinie, incoercible ; terrible faim d'adoration et d'attestation : horrible cri de joie démente dans l'infinitude de la nuit ; sublime lumière dévorante dans la cécité de l'Abîme. Ô première manifestation ! Je brûle, je tournoie, j'éclate ; je suis impatience, je suis faim, je suis soif ! Quelle traînée de flamme derrière moi ! Comme je cours, comme je vole vers où le sable fou des soleils m'appelle ! Qui donc parmi eux sera mien, sera l'amant, le maître, le guide ? Eh qu'importe ! Ils sont sans nombre, ils sont la Réalité infinie, partant nul d'entre eux n'est réel ! Je suis ivre, je crie de désir, je meurs d'amour, je meurs d'amour éternellement ! Comme la mélodie de mon ellipse m'enchante ! Que l'instant est profond ! Comme il sait contenir tout ce qui est, tout ce qui a été, tout ce qui sera ! Comme je suis riche de Dieu ! Amour m'a fécondé ; mon ventre de soleil tressaille de joie. Ai-je été cette forme vaporeuse, échevelée ? L'ai-je été bien réellement ? Peuh !... Car me voici soleil et raisonnablement installé pour un nouveau moment d'éternité. Et me voici Terre, grande pierre éteinte et maternelle, amante du soleil, déchirée, creusée, labourée, pâmée de la tourmente des sèves d'amour. Et comme Amour son maître, pleine de joie et de douleur, de vie et de mort, de souvenir et d'attente. Et puis...

« Et puis un mot quelconque, une morne vérité quelconque venant d'une vie dont la réalité est le premier des mensonges, d'un monde qui n'est pas le royaume de l'amour ; une syllabe, un regard, un sourire, un geste, n'importe quoi dissipait en un clin d'œil tous les trésors de l'illusion. "Le beau spectacle", grommelais-je alors entre mes vieilles dents branlantes, "le beau spectacle que celui d'un grison imbécile se vautrant aux pieds d'une gourgandine rapace et sotte ! Vieux crâne vide de cervelle, coquille d'une noix pourrie, trou plein de nuit et de nécrophores, quand donc cesseras-tu de te nourrir de mirages ? Folie, réveille-toi à ton infortune ; vieillesse, reconnais ta laideur ; cadavre, flaire ta puanteur. Il te sied bien, en vérité, de faire l'Adam d'avant le mensonge ! Reconnais enfin où tu es, regarde ! Te voici dans un mauvais lieu où la peste a pénétré, où le serpent du tombeau s'insinue dans les vulves, où le vent de la pourriture souffle sur les lits funèbres. Ô maison maudite de la fornication sans amour ! Ici le pain de vie est plein de nielle et de vermine et le vin d'amour a l'odeur d'un lendemain de beuverie. Allons, levez-vous, beau don Juan aux côtes creuses, prenez ce flambeau, approchez de ce lit, tirez ce beau rideau de pourpre, voile de naufrage gonflée d'un vent muet de destruction... Ah ! tu trembles, vieux couard ! Tu sais que ce qui repose là n'est que le cadavre de ton rêve. Le cadavre de la jeunesse, la putréfaction de la beauté, le fantôme ignoble de ce qui fut vérité et splendeur au premier jour... Allons, couche-toi sur ta Clarice, sur ta stupide, sur ton impudique, sur ta rapace ! Cadavre, ta place t'attend dans cette fosse commune des fornications mensongères, des luxures sans amour ! Immondice, va t'enfouir dans le grand égout hospitalier ; hyène, va lécher les genoux de ton cher grand cadavre en liquéfaction !"

« Vous ne pouvez faire ici, mon cher chevalier, aucune réflexion que je n'aie faite alors. Pour ensorcelée que fût ma triste cervelle, je n'en avais pas moins conservé, dans les choses de la vie, toute ma lucidité ordinaire. J'apportais dans mes pires extravagances un souci d'ordre, de graduation et de méthode qui m'étonnait chaque jour davantage. Parfois même le rayonnement d'une sagesse surnaturelle transperçait de toutes parts mon déplorable cœur et pénétrait dans les recoins les plus secrets de mon être. Je ne doutais plus de ma réalité effective ; je vivais, l'univers entier se condensait en moi, je me disséminais par tout l'univers. Je possédais l'amour et l'amour me possédait ; ma joie était un martyre, ma douleur une extase. Je relus tous les livres de la Vérité. Je revécus les Évangiles, j'aimai *L'Imitation*, *La Divine Comédie*, j'admirai Pascal. Je pardonnai au frère Jean-Jacques. Certaines pauvretés de la *Vita Nuova* me donnèrent de la surprise. Je pénétrai au cœur même de la vie. En chantant l'amour, les poètes se plaisent surtout à célébrer l'influence vivifiante qu'il exerce sur le cœur et sur l'imagination ; pour moi, j'incline de plus en plus fort à penser que la vertu suprême de ce sentiment s'étend sur toute la nature, depuis la matière que nous considérons comme inanimée jusqu'aux glandes essentielles de notre cerveau. L'exaltation provoquée par la tendresse m'apparaît favorable au philosophe tout de même qu'au saint ou au poète ; car ma propre expérience m'enseigna à considérer l'amour comme une manière de correspondance universelle entre la matière et l'esprit, et comme une expression sensible de leur identité par-devant l'Être unique. Source de l'existence, il m'en paraît être en même temps et le principe indubitable et le sens unique et parfait. Mystère adorable et terrible, instigateur de toute pensée, de tout art et de toute science véritable, il apparaît aux intelligences primordiales sous des nombres et des formes symboliques qu'il réduit plus tard à la trinité logique de l'éternelle Création, de la Matière et de l'Esprit ; puis, couronnant l'œuvre lente de l'initiation, il s'élève à l'unité dans la personne divine du Consolateur et nous apparaît de la sorte dans son expression la plus claire et la plus pathétique.

« Oui, chevalier de mon cœur, l'Amour, divinité bizarre et que la Fable nous représentait aveugle, l'amour et le seul amour m'a fait pénétrer le secret des choses et le mystère de mes propres pensées. Se révélant à mon esprit sous la forme d'une logique suprême du Sentiment, il s'est laissé connaître comme base de toute notre architectonique spirituelle. Grâce à lui, j'ai appris à ne chercher rien autre chose dans la divergence des méthodes que les éléments d'une étude de caractères ; si bien que les systèmes sublimes mais inconciliables ne valent aujourd'hui à ma raison qu'en leur qualité d'expressions plus ou moins fidèles de sensibilités différentes. Le fameux esprit philosophique débute par une observation souvent inconsciente du Sentiment dont il tire sa source et finit par une confession mystique pardevant l'Univers d'amour ; car il est impossible d'imaginer d'autres fins au triste labeur d'une dialectique convaincue d'avance de la vanité de ses efforts. Le misérable jeu, en effet, que celui des combinaisons de notre entendement ! Encore qu'il connaisse parfaitement son impuissance à franchir les limites que lui assignent ses propres lois, notre esprit tout ensemble impatient et minutieux s'obstine à approfondir, à commenter sans cesse l'œuvre purement amoureuse de Dieu ; or il n'est point d'autre fin à ce travail que d'énoncer, avec une précision de jour en jour plus décourageante, les raisons naturelles de notre incapacité. À tout prendre, l'entendement, faculté secondaire, semble n'avoir été donné à l'homme qu'à seule fin de l'éclairer sur l'importance capitale du Sentiment et de le guider de la sorte dans sa recherche du principe même de l'Être. Avant que d'entreprendre la grande conquête du ciel, il nous faut donc apprendre à considérer notre chère Raison non comme une qualité indépendante et définie, mais seulement comme le complément d'une puissance intérieure obscure jusqu'à ce jour et inévaluée. Hélas ! nous savons encore à peine aimer, et nous voudrions penser juste !

« Mais c'est surtout pour m'avoir su éclairer sur le sens mystique du Verbe que je garde au sage et tendre Amour une gratitude ardente et illimitée. Grâce à lui, je connais la signifiance secrète des mots, ce quelque chose d'indéfini qui sommeille dans toute parole et qui varie selon que la parole est vérité ou mensonge. La Mérone, semblable en cela à toutes les femmes perdues, n'usait que trop volontiers de finasseries ; son discours tenait ma méfiance en continuel éveil ; toutefois, le profond sentiment interprétait à sa manière le moindre son de la voix aimée. Tandis que ma raison flairait la supercherie ou découvrait le mensonge, mon âme s'abandonnait sans réserve aux vérités miraculeuses, indiscutables de l'amour ; le sentiment acceptait pour vrai ce que la raison rejetait comme faux ; le Mensonge humain parlait, mais celui qui l'écoutait était Amour, le joyeux, le profond, le triomphant Amour ! Ah ! le Mensonge ! le vil contradicteur ! le trivial et lâche ennemi ! Meurtrier naïf et ridicule, profanateur stupide des saintetés de l'amour, entre la raison et le sentiment il creuse un infranchissable abîme et apparaît de la sorte à tout être pensant comme la source des pires calamités sociales et le point de départ des plus redoutables maladies de l'entendement. Au regard ingénu et profond du Sentiment, toute la douce nature apparaît revêtue de puissance, de tendresse et de splendeur ; avant le mensonge d'Adam, l'homme ne connaissait point d'autre règne que celui de la grâce et de l'harmonie, et il vivait, héroïque et confiant, dans le sein des quatre éléments primitifs qui sont éléments de pure beauté. La nature étant demeurée ordre et splendeur, la vie logique devrait être, aujourd'hui encore, adoration profonde, car la chose qui hors de nous a nom Beauté, au-dedans de nous se nomme Amour. La première idée de l'homme fut celle de l'amour qu'il trouvait en soi-même, en l'être, en la chose. Confident fraternel des bêtes, ami des pierres, le primitif régna sur la nature par son ingénuité d'Adam et par son charme d'Orphée. Son malheur ne fut point de mordre au fruit de la vie, mais d'en renier, à la face de l'Amour même, la connaissance sainte et le délice sacré. Ivre d'orgueil et de puissance, il trouva le premier *non*, alors que tout était *oui*, alors que tout autour de lui n'était qu'affirmation. Et, au lieu d'accourir à l'appel du Père, il se cacha dans l'herbe épouvantée, murmurant dans son mauvais cœur : "Que me veut-il encore ? Que peut-il avoir à m'apprendre ? N'ai-je pas vécu l'instant d'éternité ? Ne suis-je pas l'Homme et l'entendement de l'Homme ? N'ai-je pas conscience d'être Lui-Même ? N'ai-je pas enfin la certitude d'être Amour ?"

« Le déplorable effet du premier mensonge fut de nous faire juger ingrate et cruelle la nature elle-même, alors que, projection d'un monde intérieur qui est tout sentiment, elle aurait dû continuer de nous apparaître jusqu'à ce jour pleine de charme, de force et de clémence. Le mensonge est né à l'instant même où l'homme cessait de se sentir en rapport direct avec la nature ; car c'est en jugeant des choses de la vie au travers du naturel de son semblable que l'homme a acquis la fausse connaissance du bien et du mal. Le mal est dans l'homme seulement, et ce n'est qu'au moyen d'une extension absurde et néfaste que nous sommes parvenus à nous former l'idée avilissante d'un mal en tant que principe naturel. L'étude du prochain a conduit l'homme à l'âpre connaissance de sa personnalité. Ce triste examen lui offrit mille raisons de se défier de sa propre âme ; et dès qu'il se fut pris à douter du monde intérieur de l'amour, il estima vain, cruel et laid le monde extérieur qui, dans la sainte réalité, n'est soumis qu'aux lois de la beauté et de l'harmonie. Hélas ! que savons-nous aujourd'hui de la nature ? Les moins pervertis d'entre nous en connaissent-ils autre chose que certains charmes propres tout au plus à flatter les sens ? Comme que nous fassions, toujours un sentiment de regret se mêle au triste amour vieillissant que nous portons à cette sœur éternellement jeune et passionnée. Jetons les yeux autour de nous : toutes choses respirent la force, la confiance ; l'univers exulte d'un formidable désir ; tout est lutte et lutte pour l'amour ; tout est force, et le droit du plus fort amour est le meilleur. L'âme des héros primitifs chante avec l'océan, rit avec le torrent et sanglote avec la bise. Votre âme se souvient de ces chants, de ces rires, de ces plaintes ; et vous regardez tristement vers le lointain des mers, et vous soupirez : "Passé, où donc es-tu, où donc es-tu ? Ô mon cher passé, ô mon amour profond à tout jamais enseveli !" Puis, vous vous consolez par quelque vil sarcasme du grand malheur de n'être plus ce que vous avez été au début des temps. Le soleil luit comme une armée ivre de victoire ; la blonde plage frissonne ainsi qu'un beau corps ébloui de volupté ; et la vague succède à la vague, fuyante et tendre image de l'amour passager et à jamais présent.

« À quelques pas de l'endroit où vous êtes, un rêveur énervé et livide, mort à l'amour et aux combats, soupire faiblement dans le grand soleil sonnant : "Pourquoi tant de beauté à des choses si peu réelles ? Pourquoi cette éternelle invitation à la danse de la vie, alors que dans la nuit de ma chair la vie n'attend rien autre chose que l'oubli même d'avoir été ? Comme me voilà vide et plat, et patient et terne ! Comme j'ai été dupé, et quel affreux menteur je suis !" — Et vous, chevalier, et ce grand dadais, et moi-même, ne sommes-nous pas encore les moins impurs de tous ? N'est-ce pas une honte que la vaine curiosité des lois naturelles puisse primer l'amour mystique de l'univers ? Opposant régulièrement à l'invite amoureuse de la douce nature une méfiance engendrée par un mensonge purement humain ; sans cesse imaginant quelque absurde désaccord entre nos sens et les faits de l'extérieur ; inconscients du principe du verbe et de la chose, de cet amour évident qui habite le ciel et la mer, l'arbre et le vent, la pierre et le cœur ; mauvais envers le prochain, cruels envers nous-mêmes, au sein de la très sainte réalité de Dieu nous vivons dans un monde imaginaire de duperies et d'illusions. Hélas ! C'est qu'il a suffi d'un seul mot contraire à la vérité pour détruire l'auguste harmonie qui régna au premier jour entre les deux mondes de l'amour et de la beauté. Songez donc, chevalier ! L'homme vient de mentir à l'homme son frère ! Horrible moment ! Fin, écroulement, anéantissement de toutes choses ! L'homme nous a menti, le frère a dupé le frère ! Désormais tout vous ment, et Dieu qui vous créa pour l'amour, et la beauté du ciel qui vous commande d'adorer, et la sainteté de l'animal qui vous lèche la main. Tout est détruit, tout est à bas. Vous frémissez, votre vue se recouvre d'un voile, le sol se dérobe sous vos pas. Horreur, extrême horreur ! Vous sentez monter du tréfonds de votre être le battement du cœur de l'horreur même ! »

Je ne pus m'empêcher à cet endroit d'interrompre le comte-duc par un mouvement et un sourire dont le sens n'échappa point au fougueux forgeur de paradoxes.

« Eh quoi, Monsieur le chevalier, ce que j'avance au sujet du mensonge ne me paraît que peu fait pour vous convaincre ! Me voici donc contraint à m'embarquer dans une nouvelle digression, et cette fois-ci un peu contre mon gré. Néanmoins, je tâcherai d'apporter quelque clarté à mon assertion. Les réflexions que je fis sur le naturel ensemble tendre et pervers d'Annalena m'amenèrent à douter de l'équilibre moral de mon amie. Je soumis alors à un examen des plus minutieux cet esprit de contradiction et de mensonge dont ma très chère semblait pénétrée, et je finis de la sorte par établir pour toutes les formes de l'aliénation deux phases l'une de l'autre parfaitement distinctes. Ce résultat de longues méditations ne me paraît point dénué d'utilité dans un temps où les disciples d'Aristote rivalisent d'ardeur avec ceux d'Hippocrate dans la recherche des limites de la responsabilité. Toute déviation de l'entendement est, sinon précédée, du moins accompagnée d'un trouble physique plus ou moins sensible dans quelque région du cerveau ; tout commencement de folie me paraît donc de ce simple fait devoir être conscient jusqu'à un certain degré. La conscience du mal une fois admise, du moins dans les débuts de l'aliénation, nous ne pouvons faire autrement que de ramener toute maladie de l'entendement à un dédoublement de la personnalité. Le mensonge, cause première de ces maux déroutants, constitue aussi le caractère prédominant de leur première phase. Malheur à l'homme dont le verbe profanateur ment à la bribe d'esprit divin que le Ciel lui a départie ! En lui le parfait équilibre de l'esprit et de la matière est à jamais rompu. Le menteur a cessé d'être l'expression suprême de l'identité de la substance et du sentiment, du corps et de l'âme, du monde intérieur de l'amour et de l'univers extérieur du beau. Le vrai subsiste encore au tréfonds de son être spirituel ; mais déjà son apparition dans le monde sensible est devenue douteuse. Ensemble menteur, négateur du fait, et conscient de la vérité, il est lui-même vrai et faux dans le même instant, et cet instant marque le début d'un dédoublement désormais irrémédiable de la personnalité.

« Voilà, au surplus, la raison pour laquelle la simulation de la santé joue un rôle si considérable dans le commencement de tous les troubles psychiques. Le malade se rend parfaitement compte du péril qui le menace d'au-dedans de lui-même ; il se sent devenir d'heure en heure plus dangereux pour son prochain ; et cependant l'orgueil et la crainte d'avouer son mal lui imposent un criminel mutisme. Son unique préoccupation sera désormais de fuir l'infernal Sosie installé dans son âme ténébreuse ; il s'ingéniera à tromper quiconque l'approche sur l'état réel de son lamentable esprit ruiné par le mensonge. Même il ne tardera pas de déchoir au point d'espérer son salut du mauvais principe qui a déterminé sa perte. Le dément demeure de la sorte parfaitement conscient et responsable de ses actes jusqu'à l'instant où la première phase de son mal cède la place soit à la fureur de l'agité, soit à la prostration du mélancolique. La plupart de nos voleurs, de nos assassins et de nos politiques appartiennent à la catégorie des aliénés au premier degré. Profondément pénétrés de l'esprit de mensonge, ils font preuve la plupart du temps, dans leurs sinistres entreprises, d'un pouvoir de dissimulation, d'une logique des probabilités et d'une habileté d'exécution dont les hommes sains, c'est-à-dire aimants et pieux, m'apparaissent absolument incapables. Au surplus, l'affreux dédoublement de la personnalité ne manque jamais d'étendre son influence jusque sur l'économie de notre corps ; car la chose qui selon l'esprit est mensonge et transgression de la loi d'amour, selon la chair, devient vice et péché de laideur. Aussitôt que de la fausseté se vient mêler aux choses de l'amour, la sensualité se sépare du sentiment qui en faisait un attribut de Dieu, et la désagrégation matérielle vient accélérer le dédoublement moral. Il n'est donc qu'à demi vrai de dire que la débauche — j'entends la fornication sans amour — conduit à la démence ; à cause que le vice n'est que la conséquence et le signe physique du péché de mensonge, seul mortel et irrémissible.

("Tous les péchés seront pardonnés, mais le péché contre l'Esprit de vérité ne sera pardonné jamais.")

« Le mensonge a si bien fait de mêler son poison au principe même des choses, qu'il n'est pas un de nous qui se puisse flatter d'avoir jamais entendu tomber des lèvres de son amour le mot effacé du livre du monde, le verbe unique et très simple dont l'absence a suffi à rendre inintelligible à jamais la parabole de la vie. Ce mot magique n'est point un mot de vérité (selon la réalité du monde) ; la réalité n'existant pas, et cela pour la raison très simple que des esprits pénétrés d'amour n'en sauraient que faire. Néanmoins, s'il n'est pas de vérité pour notre raison, il est une véracité pour notre sentiment, une véracité, un souci d'exactitude qui, dans l'ordre spirituel, est l'expression même des lois de la matière. Que si vous dites : "J'aime", alors que votre cœur est indifférence ; ou, "je vois", ou, "je sens", dans le temps que vos yeux sont ténèbres ou vos sens plongés dans le sommeil, vous faites dévier irréparablement le cours des choses naturelles ; le grain de sable aigu et grinçant du mensonge s'insinue dans les rouages les plus sensibles du cerveau, et vous devenez tout aussitôt à vous-même un objet sans nom, un mot sans signifiance, une chose qui dans le même instant existe et n'existe pas. Le grand, le terrible malheur est de se croire sceptique, alors que l'on est simplement menteur. Nous moquons sottement cela même qui serait en nous saint et réel si la force ne nous faisait défaut d'en découvrir la millième part à notre voisin.

En sa profonde scélératesse, l'homme a tellement fait qu'aux plus saines nourritures s'attache un arrière-goût de poison et qu'il est d'une difficulté extrême de séparer l'idée de l'amour de celle du bien et du mal ; au lieu que dans un monde où le mensonge fût demeuré le seul péché irrémissible, la plus extravagante des tendresses tirerait encore son pardon de son ingénuité ; car il n'est pas d'autre mesure à la valeur morale de notre amour ou de son objet que la profondeur et la vérité de notre sentiment. L'attachement à la créature nous conduit à l'amour de l'Incréé ; en aimant bien la chose bornée, nous nous haussons inconsciemment à la sagesse suprême, infinie et située au-delà de notre entendement ; ainsi, dans *limitation,* l'amour du Dieu personnifié s'élève à l'adoration de l'Amour même, de l'Amour essence de la vie et principe de l'être. Hélas ! qu'avons-nous fait du charmant, du profond paradis de la vie ? Nous qui connaissons pourtant la tâche si douce et si simple qui nous incombe, nous qui sentons qu'il n'est point d'objet en dehors du Beau, ni de sujet en dehors de l'Amour ; nous qui savons enfin que tout mensonge est comparable à ces miroirs obscurs et grimaçants qui reçoivent la beauté et rendent la laideur ! Comme je le méprise, cet aveugle ennemi de la divine réalité, ce noir mensonge, prince des ténèbres, craintif et rampant négateur du fait, du fait naïf et simple et pénétré d'amour ! Et comme je le haïrais, cet obscur amant de la laideur et de la déchéance, s'il m'était donné de le mépriser moins ! — Par toutes les fois que la Sulmerre ouvrait la bouche et que je surprenais sur son visage l'expression ensemble audacieuse et méfiante qui précède le mensonge, une voix secrète me criait de mon tréfonds : "Prends garde, Pinamonte ! Par saint Georges, prends garde ! la caverne bâille ! Le dragon est là proche, tout proche... Déjà le monde est vieux, et moisi, et vermoulu ; toi-même, malgré ton grand amour terrible et suave, tu n'es plus que l'ombre d'un rêve, le souvenir d'une vision dissipée. Encore ce mensonge-là, ce péché contre l'amour, et tout ce qui chancelle s'écroule, et tout ce qui n'est plus qu'apparence sombre à jamais dans l'impossible, dans le néant." — "Halte-là ! ma belle ! criais-je alors. Suffit. Laissez en paix ces tendres sentiments qui ne sont pas les vôtres. Tremblez, madame, tremblez, vous dis-je. Terrible sera la vengeance de la Vérité, terrible et combien plus terrible que l'éclair de lucidité qui surprend le dément au bord du tombeau !" Et je collais ma main aux lèvres bien-aimées et haïes, et tout aussitôt l'horrible serpent se métamorphosait en oiseau roucoulant du rire — et de quel rire ! — de mon rire enfantin, argentin, malicieux, insoucieux, absurde et délicieux ! "Le voici qui chevauche à nouveau son dada favori ! Cependant j'ai à vous parler fort sérieusement, monsieur le fou !" — "Qu'à cela ne tienne, madame la menteuse. L'épinette est là ; à l'épinette ! À l'épinette ou au clavecin sur-le-champ !" — Et la rieuse courait soit à son épinette, soit à son clavecin.

« Elle touchait de ces instruments à ravir et la préférence qu'elle marquait aux œuvres de Willibald Gluck flattait fort agréablement mon goût de l'art simple et mystique. Il n'y eut peut-être jamais d'autre lien spirituel entre nous que notre tendresse profonde pour la musique. Cet art divin est le langage naturel de la passion, la signifiance secrète des accents tendres ou terribles surpris dans la voix de la mer, de la forêt, du fleuve et du vent ; et elle est, dans le même temps, au cœur obscur et bourbeux de notre race vieillie, l'écho primitif et distinct d'une harmonie oubliée. La musique est le cri de l'Amour ; la Poésie en est la pensée... L'une est l'exaltation du présent et elle chante : "Je vis et j'aime" ; l'autre est l'ivresse du souvenir ; et alors même qu'elle se propose d'exprimer un amour bien réel et bien vivant, elle semble dire : "J'ai vécu, j'ai aimé..." Et voilà sans doute la raison par laquelle les deux nobles sœurs, d'abord fondues en un art unique, se devaient séparer avec le progrès des temps. — J'aimais à la folie le toucher d'Annalena. Si surprenante que fût l'habileté qu'elle y montrait, jamais je n'y trouvai l'occasion de douter de la sincérité de son émotion. La belle musicienne avait l'âme fort sensible et l'agilité de ses mains angéliques ne ressemblait en rien à l'adresse irritante et vulgaire des virtuoses. Le noble et mystérieux visage reflétait tous les mouvements de la passion ; les sombres paupières battaient voluptueusement au vent de l'harmonie ; cependant, le corps ne s'abandonnait jamais aux saccades burlesques de l'hystérie théâtrale, et la charmante tête ne s'échevelait point au souffle d'une artificielle tempête.

« Ah ! chevalier, le souvenir de ces heures plaintives et sonores m'émeut jusqu'aux larmes ! J'ai perdu Annalena et j'ai perdu la musique. Pendant que ma très chère jouait, je vivais hors du temps ; aujourd'hui, dans le rythme des plus nobles ouvrages, je n'entends plus que le pas de la mort mesuré par le tic-tac desséché des horloges ; et les instruments résonnent à mon oreille ainsi que les tombeaux vides sous les pas du promeneur solitaire, ou sous son bâton les grands os râpeux et verdâtres des vaches dévorées par les loups, là-bas, au pays de ma jeunesse et du beau Stanislas. Annalena au clavecin ! Chers instants à jamais envolés ! Je les adore, ces minutes irréelles et suprêmes, et les adore d'autant plus qu'elles m'ont toujours été mesurées avec une singulière parcimonie. Vous eussiez dit d'Annalena qu'elle recherchait dans la musique l'expression de ce qu'elle portait de plus sincère et de plus pur au fond de son pauvre cœur de créature. Rarement, elle approchait de ses chers instruments sans m'adresser, en même temps qu'un sourire malicieux, des paroles pleines d'un mystérieux enjouement. Je n'ai point mémoire de l'avoir jamais entendue frapper une note en présence d'un tiers. Quelques-uns des admirateurs de son talent s'étonnaient du parti qu'elle semblait avoir pris de ne le cultiver désormais que pour le plaisir d'un seul. Quant à Labounoff et au vieux duc di B..., ils ne manquaient jamais une occasion de l'en blâmer ouvertement ; mais les prières, comme les rires et les bouderies, jamais ne surent vaincre l'aimable obstination ; même il m'arriva, un soir, au milieu d'un cercle empressé de mélomanes, d'entendre tomber des douces lèvres une riposte dont l'audace me surprit. "Paix, messieurs ; paix, de grâce ; la musique elle-même ne saurait être qu'une minauderie de plus dans ce palais où la vérité et la tendresse n'ont que faire ; et ce serait trop, vraiment, avec le mensonge de ma gaîté, de ma danse et de mes fleurs."

« Que vous en semble, chevalier ? L'art ne serait-il point, aux menteurs que nous sommes, un moyen d'exprimer d'une façon détournée les vérités les plus impérieuses ? — Quoi qu'il en fût, ces nobles veillées de musique m'ont laissé un souvenir des plus aimables. Sitôt qu'Annalena ouvrait son clavecin, je courais allumer les chandelles et tirer le loquet ; ensuite je m'allais blottir dans mon coin favori, à la façon des chats, sous le regard de soleil et de pluie de certaine *Marchande de crevettes,* de Hogarth. Annalena frappait les premiers accords ; la quiétude vaporeuse de la chambre s'imprégnait aussitôt de musique pensive ainsi que d'un parfum de fée. La muraille d'en face me regardait à travers les masques vides d'une toile de Pietro Longhi, les grands masques blêmes des *Visiteuses de la Ménagerie.* J'aimais beaucoup ces nocturnes personnages en galant appareil rassemblés autour d'un buffle énigmatique. Le buffle est là qui regarde ; et les dames singulières sont là qui regardent aussi ; c'est absurde, certes ; qui en oserait douter ? Car enfin, pourquoi, je vous le demande, cette ménagerie ; et pourquoi ces masques ; et pourquoi cette brute aux cornes en arrêt ? Mais c'est là justement la raison suffisante de ces êtres terribles et falots : ils n'ont rien à vous dire, rien, absolument rien, et voilà pourquoi votre esprit se fait interrogeant. Qui donc êtes-vous, masques de Pietro Longhi ? Point de réponse. Qui es-tu, taureau si plein d'importance et que diantre fais-tu là ? Silence. — Et qui suis-je donc, moi qui vous regarde contempler une chose qui n'est pas ? (Sentez-vous la raison de cette ménagerie de bal à présent, Monsieur le chevalier ?) Oui, par le grand diable de l'enfer, qui suis-je donc là, dans ce coin obscur ? Pourquoi cet animal, pourquoi cette chambre, et pourquoi les masques, et Annalena, et moi-même, et cette musique ici, et cette nuit, cette grande, cette profonde nuit là-bas, sur les toits et sur les eaux ? Tin, tin, tin, le clavecin, ou, sous les mains de folle de mon âme l'or sonnant, l'or de harpe de la chevelure bien-aimée ? Doux tin, tin, tin du clavecin discret, du meuble chanteur où sommeillent, en billets doux jaunis, tous les secrets de mon amour, toutes les fleurs poudreuses et cassées de mon souvenir... Un peu de Longhi pour ma passion du mystère, un peu de Hogarth pour ma pitié sanglante, un peu — si peu — d'Annalena pour mon amour de l'amour, et me voilà vivant ! Bien vivant ! Non comme ce Pinamonte, ce mime de la vie que je fus jadis sur la scène du monde, sans cesse étonné d'être un peu plus qu'un fantôme, palpant, au milieu de la rue et de la foule, la soie de sa culotte ou les boutons d'or de sa veste, afin de se bien convaincre de sa matérialité ! Non comme cet Antisthène des postes et des auberges, confesseur des vents d'automne et des mendiants de London Bridge, confident des rois philosophes et consolateur des favorites déchues. Ah ! non comme lui, mais vivant, épris de soi-même, blotti dans un coin bien dur du palais de l'amoureuse Certitude, barbon jaloux, méfiant, trompé sans doute, aimé pour lui-même un peu, pour sa libéralité beaucoup ; heureux, heureux en dépit de tout, bercé par la plus profonde des musiques, moqué par la plus mystérieuse des belles, triste et exubérant, laid et beau, secoué de mille frissons de joie étonnée, et ponctuant chaque phrase du maître d'un soupir chargé de toute la nostalgie du monde. Tin, tin, tin, tin, si doux, si triste, si pur, si beau ! encore et toujours !

« Le marbre de la dalle m'écorchant tant soit peu le cul, j'allais sur la pointe du pied chercher certain coussin de soie mauve ; puis, me rasseyant béatement dans mon angle arcadien, j'étendais sans bruit les jambes... C'était là encore un de mes spectacles favoris ; mes maigres jambes de voyageur sans but ! Je les contemplais avec amour, ces vieilles jambes de grand lièvre hasardeux ; je les caressais d'une main attendrie ; leur ombre avait mesuré tout l'ennui des chemins de la terre ! Et voilà que la fée de la Musique venait elle-même sur ses pieds de soie ancienne se pencher sur les guêtres poudreuses et craquelées ; la fée de la Musique, Monsieur le chevalier ! la fée de la Musique adressait de tendres paroles à mes jarrets fossiles de fou courant ! "Vous souvient-il, nobles jambes (je vous le rapporte mot pour mot), vous souvient-il de l'herbe humide foulée jadis à Marlow, sur les bords d'une rivière brumeuse sillonnée de cygnes gris ? Avez-vous quelque mémoire, ô voyageuses, de l'écho moussu qui sommeille à Windsor, qui sommeille et qui parle si doucement en rêve ? Glisserez-vous encore sur les boues jaunes du Ghetto de Varsovie ? Comme ils sont loin, les seuils du hameau italien de Dresde ! Ô ombre impatiente et superbe ! L'eau impériale de la Néva te connaît ; les lacs incolores de la Moscovie se souviennent de toi ; les cailloux des Carpathes et les galets de la mer du Nord soupirent ton nom dans leurs rêves. Que cherchais-tu donc, courant de la sorte ? Routes, plaines, sentiers, rues et canaux, Londres et Saint-Pétersbourg ! Qu'as-tu donc trouvé, courant et cherchant de la sorte ?"

« D'un geste de César surpris de la largeur des horizons d'Empire, je lui montrais naïvement Clarice-Annalena... Alors un encens miroitant de mélodies se répandait par toute la chambre, un éther assoupissant de musiques, une haleine de tous les rires de désenchantement et de mépris, une vapeur de tous les soupirs de tristesse et d'amour... Des lampes s'éteignaient quelque part très loin dans les brumes de la nuit éplorée, très loin, très loin, plus loin que le lointain des mers... D'étranges foules de jadis grouillaient devant mes yeux. Les dames de Longhi ôtaient leurs masques, la muraille m'apparaissait nue... Je dodelinais un peu de la tête... Encore une note... encore une poussée de vent contre la fenêtre... J'étendais mes jambes de voyageur... Encore une lueur de la chevelure en or de harpe sonnant doux de l'Orphée... et Pinamonte s'endormait dans la mélancolie du bonheur.

« Telles étaient les amours de notre galant berger : tendres et singulières, ridicules et lamentables. Rien, d'ailleurs, n'en a mieux marqué l'étrange bizarrerie que ma tragique obstination à aggraver un mal dont je me sentais mourir. Je voyais approcher avec terreur le moment où les soupçons fondés et les raisons de tourmente réelles ne suffiraient plus à mes sens émoussés par la douleur et l'angoisse. La pensée où j'étais qu'il me faudrait, tôt ou tard, renoncer à ma délicieuse torture me fit redoubler d'ardeur dans ma recherche des éléments inconnus de l'amour. Je fis de mon âme un lieu secret et redoutable. Je m'y enfermai avec le cher fantôme obsesseur et l'adorable idée fixe de ma passion ; j'y élaborai avec une sage patience le sentiment philosophai, l'élixir de parfaite douleur qui en devait éterniser le voluptueux martyre. Je créai des soucis nouveaux, insoupçonnés, puérils et savamment tourmenteurs ; des scrupules extravagants, minutieux et rongeurs ; des composés étranges de lasciveté d'enfer et de séraphique sentimentalité. Torturé par la haine, martyrisé par l'amour, j'en étais arrivé à me croire en commerce tant avec les démons qu'avec les anges, et je rapprochais l'image ensemble adorée et exécrée de mon amour tantôt de l'affreux téraphim des Cabbalistes et tantôt de l'habitant immaculé des sphères suprêmes de Swedenborg. D'autres fois, je confiais au papier les cris de ma détresse et les soupirs de mes amoureuses songeries... De grâce, Monsieur le chevalier, laissons en paix ces pauvres riens d'antan ; ne me pressez point de vous les faire connaître. Il n'est que trop vrai de dire qu'ils furent écrits avec une plume trempée dans le Phlégéton ; cependant je préfère abandonner à votre fantaisie le soin de se former une image des joies et des tourments de ma passion. J'estime prudent, alors qu'on entreprend de montrer son cœur à nu, de soumettre au plus sévère contrôle et sa mémoire et son imagination ; car il est peu commun qu'en pareille occasion l'expression demeure au-dessous de la vérité. Comme qu'il fasse, l'amoureux narrateur dira toujours plus qu'il n'est besoin de dire ; et, pour peu qu'il relâche les rênes à sa fantaisie, voilà son récit submergé par le pathos. L'insinuation suffit la plupart du temps en semblable matière. Imaginez donc d'abord votre propre cœur tout débordé de passions tendres et farouches ; ensuite de quoi transvasez cette amoureuse lave dans le cœur du dernier Brettinoro ; c'est encore là le plus sûr moyen de vous former une idée quelque peu précise de mes ravissements et de mes souffrances. De ces dernières surtout, hélas ! Car je ne me lassais point d'entretenir dans mon cœur la sombre flamme qui le dévorait ; j'étais affamé de volupté et de tourmente, et ma haine égalait mon amour. Oui, je haïssais ma chère maîtresse ; je la voyais morte dans mes rêves ; son cadavre immonde, putride, sanieux et boursouflé nageait au milieu d'un fleuve d'immondices ; des caïmans ailés, scrofuleux et gluants ; des crapauds paralysés, dégonflés, luisants sous le suint venimeux des écrouelles ; des insectes gigantesques à demi écrasés, squameux, pustuleux, poilus et gras ; les monstres les plus hideux de la fable et de la fièvre violaient tour à tour la liquéfaction du cadavre adoré !

« Ma triste cervelle devint le rendez-vous nocturne de la plus crapuleuse compagnie ; des petits-maîtres cribreux s'y aboutaient de fort dégoûtante façon avec leurs déesses bubonneuses et nauséabondes ; des moines entripaillés, papuleux et turbulents, repus de la chair de leurs propres bâtards, y noyaient le remords de leur gourmande paternité dans des vins mixtionnés de menstrue de diablesse et de lait de non-nain ; des boucs concupiscents, tout parés de fontanges et de banderilles envenimées, y courtisaient de furieuse façon la passivité des papes magnifiques et folâtres de la Renaissance ; des fœtus polycéphales, marinés et livides, illustraient parfois de leurs puérils ébats ces fougueuses et mélancoliques séances ; ce pendant qu'une horrible Clarice-Annalena, impératrice des Gaupes et reine de Lesbos, invariablement étendue sur un visqueux monceau de vermine aveugle et de jeunes amoureuses éventrées, présidait, du haut de son trône excrémentiel et sanglant, aux funèbres visions de ma cervelle amollie.

« Au reste, les infâmes soucis de mes veilles n'avaient que fort peu de choses à envier aux songes de mes nuits ignominieuses. Mes réveils surtout vous eussent semblé navrants et grotesques outre mesure. J'enveloppais tout d'abord de regards venimeux ma maîtresse encore assoupie ; l'odeur fade et vaporeuse de sa chevelure me faisait souvent répugnance ; la vue de certains de ses membres me faisait tressaillir ;

et toujours l'immobilité de son sommeil me rappelait celle de la mort. D'un saut brusque et désespéré, je quittais l'amoureuse couche ; j'inondais d'eau fraîche ma lamentable tête et tout mon corps d'énergumène ; j'avalais en soupirant quelques gouttes d'Hoffman et par là-dessus une pauvre tasse de chocolat et trois ou quatre tartines ; puis, m'installant au chevet de Manto, j'arrachais la belle à l'étreinte de Morphée au moyen d'insinuantes et patelines caresses, dont tour à tour mes doigts de meurtrier badin ou mes mâchoires d'amoureuse hyène enserraient son col de cygne éblouissant et gracieux. Pour innocents que fussent ces simulacres de strangulation, ils ne laissaient pas de procurer à ma très chère des réveils fort brusques et tout secoués d'épouvante. Les grands yeux d'Annalena s'ouvraient à l'improviste (vous eussiez dit, cher chevalier, de deux aloès du Ténare s'arrachant aux terreurs d'un séculaire cauchemar) ; des serpents effarouchés se cabraient dans la chevelure de la déesse ; et tandis qu'un frisson des plus troublants secouait son corps flexible et délicat, la friponne trop aimée, joignant ses petites mains savantes, s'écriait plaintivement : « Ô cruel ami ! ô barbare amant ! quand donc cesserez-vous de tourmenter la tendre compagne de vos jours ? Estimez-vous donc à ce point plaisant de parfaire avec les griffes de la cruauté l'ouvrage sanglant des flèches de Cupidon ?"

« À ces préoccupations extravagantes, à ces mélancolies de l'âme et de la chair venaient souvent se joindre des soucis d'un ordre plus vulgaire ; car l'amour inquiet des solitaires et des jaloux ne laisse pas que de ressembler par certains côtés aux libéralités pleines de calcul et d'hésitation des avares. Mon ensorceleuse, qui était fort loin de manquer d'esprit, avait parfaitement pénétré la nature de mes sentiments et mesuré la profondeur de mon amour. Sa vanité ne pouvait demeurer insensible à l'aveugle adoration d'un amant dont le renom de bel esprit égalait l'illustre naissance ; elle connaissait le prix des sacrifices que je consommais chaque jour dans la seule vue de m'assurer son attachement et sa fidélité ; et je ne doutais pas qu'il n'entrât dans les transports dont elle payait ma tendresse pour le moins autant de reconnaissance que de caprice sensuel. L'étonnement où la mettaient les violences de ma passion et l'orgueilleuse joie qu'elle en ressentait prêtaient souvent à sa physionomie un air de triomphe qui en rehaussait à mes yeux la noblesse et l'éclat. Mon imagination enflammée voyait chaque jour s'épanouir davantage les charmes de mon amie ; l'exaltation croissant dans la même mesure, je fus bientôt amené à considérer la beauté d'Annalena comme une œuvre de ma chair et de mon esprit et comme un trésor péniblement amassé par mes soins. D'autre part, mon amour me mettait souvent dans de grands embarras ; car la Sulmerre aimait à vivre avec honneur et ne se pouvait abstenir de la gloire du monde. Le concours aux fêtes qu'elle donnait était d'ordinaire fort nombreux ; et malgré que je souscrivisse à ses moindres désirs, jamais elle n'a rien su économiser sur mes présents.

« Les affections sincères ne sont pas plus gratuites en ce monde que les amours vénales, et le dévouement le plus profond n'y triomphe qu'à grand-peine des habitudes de luxe et du goût de l'ostentation. Bref, les choses en vinrent au point que je me vis souvent contraint, au plus fort des angoisses de l'amour et de la jalousie, à m'aventurer dans des calculs dont les chiffres, tracés d'une main tremblante de passion, s'allaient égarer jusque dans les manuscrits des poèmes inspirés par la plus dispendieuse des Muses. À mes tragicomiques alarmes de dément venaient donc parfois se mêler des soucis mille fois plus risibles encore d'homme raisonnable. Je tremblais en outre qu'un galantin vulgaire, profitant d'un de ces stupides abandons dont les belles sont coutumières, ne profanât d'un même coup et l'idole de mon amour et l'autel de mes sacrifices ; ma passion s'élevait quelques fois jusqu'au noble aveuglement d'un auteur pour son ouvrage, et cependant je me sentais bassement jaloux de mes libéralités. Je me perdais aussi en vains efforts pour maintenir l'équilibre, chaque jour plus hésitant, entre un cœur de plus en plus lourd et une bourse d'heure en heure plus légère ; et les pensées contradictoires que je roulais continuellement dans mon esprit me faisaient souvent l'impression de provenir de quelque colloque obscur, burlesque et passionné entre le plus anxieux des Harpagons et le plus ombrageux des Maures de Venise.

« Les jours de grand concours à la Riva dell'Olio, je m'esquivais de chez la Mérone et m'allais ensevelir dans l'humide obscurité de mon terrier Barozzi. Là je retrouvais mes compagnons des jours anciens, taciturnes témoins d'une vie aventureuse : l'antique Giovanni au visage parcheminé, à la livrée de toile d'aragne ; les longues missives à l'odeur de mousse et de larmes, confidences d'amis depuis longtemps perdus, oubliés ou morts ; les manuscrits passés, pleins de griffonnages jaunis, linceuls historiés d'une ambition mort-née ; le pauvre portrait de Benjamin, oui, chevalier, le pauvre portrait écailleux de Benjamin, dérobé un soir à Manto et emporté amoureusement sur mon cœur ; les passeports périmés, minutieux et méfiants, aux aigles de Prusse et de Russie ; la tabatière de Stanislas, le petit couteau ciseleur d'initiales et de cœurs, souvenir du quadragénaire de l'île Saint-Louis ; le couvercle de boîte où, enfant, je m'étais essayé à représenter le château de Brettinoro avec le parc, le saule de don Quichotte, le banc moussu et l'amoureuse fontaine...

« Pauvres, pauvres choses de jadis ! Avec quel morose délice je reniflais leurs odeurs mélangées de fruit et de tombeau, de pluie d'avril et de souris, de rêve et de réalité ! Comme elles m'avaient bien su dépeindre, dans le temps évanoui, ce grand amour d'enfant qui se nourrissait maintenant de mon cœur de vieil homme, cette fabuleuse fleur éclose au jardin d'innocence ! Avec quel tendre mépris je relisais toutes ces introductions, méditations, objections, remarques ! Naïf fatras de sentiments à fleur de cœur maladroitement déguisés en raisonnements ; de préjugés doctement présentés sous forme de déductions ; nudité d'âme bariolée de prétintailles d'esprit ! Et comme toutes choses me paraissaient obscures et mesquines venant de ma vie d'homme, et claires et profondes venant de ma vie d'enfant ! Amour, amour ! Ô maître du royaume céleste de la Simplicité ! — je rangeais tous ces souvenirs devant moi sur une table, je les contemplais, tournais et retournais, cajolais ; je leur parlais, je m'en gaussais doucement... En vérité, chevalier, rien n'est plus doux au cœur de la joie que le regret de la tristesse !

« Certain jour que je musais de la sorte au milieu d'objets familiers, la fantaisie me vint d'aller voir dame Gualdrada dans son logis sous les combles. En dépit de la curiosité que m'inspirait mon étrange hôtesse, j'avais jusque-là borné mon commerce avec elle à l'échange de quelques propos courtois à la rue ou sur les escaliers ; et Giovanni, qui, en curieux qu'il était de toutes choses, la visitait fort souvent et la connaissait assez bien pour l'avoir fait jaser, sans cesse me reprochait en riant mon indifférence à son endroit. Ayant donc résolu d'en finir une bonne fois avec cette rengaine, je m'armai de courage et je grimpai lestement l'escalier en colimaçon qui conduisait au réduit de la vieille. Je trouvai fée Carabosse bésicles au nez, frileusement blottie dans un fauteuil boiteux et penchée sur un volumineux traité de démonologie. À ma vue, elle se leva d'un air empressé et me fit la révérence. Son triste visage verruqueux et jauni s'éclaira soudain du franc sourire de deux yeux gris et larmoyants, démesurément grossis par les verres doubles qui les abritaient. Elle porta humblement à ses lèvres tremblantes la main que je lui tendais, et ses paroles cérémonieuses, prononcées d'une voix douce et chevrotante, me parurent venir du fond de l'autre siècle. Je fus bientôt éclairé sur la vie et les goûts de la vieille par l'inspection rapide que je fis de sa mélancolique demeure. Les trois cabinets humides et sombres qui la composaient servaient d'arène aux ébats d'un grand crapaud terreux, d'un chat noir et d'une poule infirme de la même couleur, sans cesse sautillant à cloche-pied sur des meubles non moins attendrissants qu'elle-même. Une grande armoire à porte de verre offrit à ma vue un amas confus d'objets poudreux et bizarres, tels que cassettes en bois rouge ou jaune curieusement ciselées, coiffures de Hurons hérissées de plumes aux cent couleurs, massues peinturlurées de sauvages des îles, armes très anciennes de fabrication espagnole, et mille autres objets dont le nom même m'était inconnu. Je ne tardai pas à découvrir dans l'humeur babillarde de l'hôtesse une clef à tout ce mystère. Au temps de sa jeunesse, la pauvre bossue avait eu la faiblesse de prêter l'oreille aux madrigaux et rodomontades d'un grand escogriffe de bravo qui n'en voulait qu'à la dot rondelette dont il la savait pourvue. Gualdrada étant orpheline et le diable se mêlant de l'affaire, le mariage fut bientôt conclu. Peu de temps après la cérémonie, Sciancato, le jeune époux, fait la rencontre d'une troupe d'échappés des galères qui s'ouvrent à lui de leurs beaux projets de piraterie et de chasse aux trésors. Sciancato, las de sa vie oisive aux crochets d'une infirme, acquiesce sur l'heure et se laisse revêtir de la dignité de capitaine. Une cassette disparaît du coffre de Gualdrada, une vieille galiote est frétée et voilà notre galant bravo en équipage de boucanier. L'infortunée

Gualdrada, follement éprise de son fripon, conjure, s'arrache les cheveux, emplit l'air de prières et de lamentations... En vain ! Le mât est dressé ; l'insensible Sciancato s'embarque. Tout est-il prêt ? Partons ! — Il donne le signal, il part, il est parti. Voilà donc dame Gualdrada abandonnée, désespérée, et quasi ruinée par-dessus ; car de son bien fort honnête il ne lui reste guère que la maison Barozzi. À force de tourner et de retourner les cartes pour soi-même, l'idée lui vient de se faire diseuse de bonne aventure. Cependant l'ingrat Sciancato réapparaît un beau jour à l'improviste, chargé de riche butin et de présents bizarres. Une semaine de joie délirante — et le voilà reparti.

Dix ans, quinze ans, vingt ans... Le petit corps maigrit, la grande bosse s'arrondit, les beaux cheveux de la laide grisonnent sous les fontanges... Hélas ! perdu à jamais ! Pas un signe de vie... Dans quelles eaux profondes, amères et sauvages s'envasent ses os jaunis de noyé d'autrefois ! Sur quel horizon de pourpre et de deuil se balance son squelette de pendu sans nom ?

« Durant tout ce récit (que dame Gualdrada se plaisait visiblement à étendre outre mesure), j'avais fort à faire de retenir et le rire satanique qui me serrait la gorge et les pleurs importuns que la compassion envoyait à mes yeux. — Eh quoi, me disais-je, ce terrible et doux amour se fait-il donc un jeu de me poursuivre sans cesse sous ses aspects les plus nobles ou les plus lamentables ? Où que se pose mon pas, toujours un secret ressort fait bondir de dessous terre un petit monstre à tête de dieu ou de diabletot ! Il règne sur ma pensée, il gouverne le monde. Le voici, le voilà ! Ici, là, là-bas, plus loin, partout ! Les fils invisibles qui mettent en branle le paillasse bigarré de l'univers se viennent nouer tous à la petite griffe du traître cajoleur et cruel. Il tire ; le satellite papillonne éperdument autour de sa fleur astrale ; la turbulente marée s'enfle de mille seins impatients ; la sève gronde, le sang s'allume, le germe crie vers la lumière ; les bras de la prière se lèvent au ciel ; tout le ventre, toute la chair de la terre est en travail ! Il tire, le sacripant, il tire ! Le gosier de la tendre Philomèle souffle ses bulles d'âme aux couleurs de larmes et de sang ; l'amoureuse vipère quitte son réduit horrible, se dresse et vient tendre une oreille avide ; la brise se réveille, le pollen vole en baisers duvetés et fécondants ; la coccinelle allume sa lanterne ; l'araignée d'eau au cœur du nymphéa, poursuit son bien-aimé velu ; le barde accorde son luth dans la tour du Nord ; Pinamonte presse à deux mains son cœur rapide de fou ; et dame Gualdrada, un fichu argenté sur sa bosse sautillante, court à la lucarne et braque sur le vieux port nébuleux la longue-vue du boucanier qu'elle ne doit plus revoir... Jamais ? Ah ! ah ! Jamais, hélas !

« Et je contemplais, avec un triste étonnement mêlé d'autant de dégoût que de pitié, l'antique abandonnée si risible, si dolente. "Qui l'eût pensé, disaient les petites lèvres grises, desséchées et tremblantes ; qui donc l'eût soupçonné, monseigneur ? Après une lune de miel si tendre, si passionnée ! Car il m'aima bien, oh ! j'en suis sûre, il m'aima bien et il m'aime aujourd'hui encore, oui, oui." Et la petite tête de sorcière faisait "oui, oui", et la grosse bosse faisait "oui, oui", et tout le petit corps lamentable de poupée d'hôpital faisait "oui, oui" aussi, avec un bruissement de squelette d'oiseau, d'arbrisseau gelé, de poudreuse bestiole empaillée qu'un courant d'air fait danser sur le mur. Ô Amour, ô cruel Amour, que fais-tu donc ici ? Réponds, c'est Pinamonte, ton fidèle, ton fervent qui te parle ! Ô Amour, que fais-tu là ? Et l'immense, l'impénétrable, le Terrible, le Doux me répondait par les larmes et les soupirs de l'infortunée : "Je suis ici parce que je suis partout. Je suis la douleur et la joie, l'espoir et le souvenir ; je suis ici parce que je suis le Moment, le grand Moment d'éternité. Je suis en Gualdrada parce que Gualdrada est une chose, parce que je suis en toutes choses, parce que toutes choses sont en moi. Je suis la Beauté et l'Adoration, la Douleur et la Pitié ; je suis dans le ciel le Père de tout sublime, et sur la terre je suis le Fils lapidé, sanglant, couvert de crachats. Et dans ton cœur je suis cela qui désire et la grande nuit silencieuse, froide et sourde sur les Oliviers, et la croix dont l'ombre couvre la terre, et les Dominations universelles, et la Résurrection sans fin. Je suis l'œil de l'aveugle, l'oreille du sourd ; et quand j'apparais à la sœur éplorée sous ma forme véritable, le frère se lève du cercueil."

« Le secret de Gualdrada avait certes de quoi surprendre par soi-même ; mais j'y trouvai plus de singulier encore après que la vieille m'eut assuré n'en avoir jamais soufflé mot à qui que ce fût, pas même à mon vieux serviteur, que je savais pourtant être si fort de ses amis. Je ne sus tout d'abord que comprendre au choix que la nécromancienne avait fait de moi pour confident ; bientôt cependant je pris garde que l'amour avait deviné l'amour, et que sous l'entretien ouvert du roquentin et de la vieille courait le murmure secret d'un colloque de Sciancato et d'Annalena. Seuls les demi-aveux se trompent de confident ; la sincérité entière, la sincérité amoureuse s'adresse toujours à qui la connaît, à qui l'aime, à qui l'attend. Le treizième prince souverain de Brettinoro recevait la confession de dame Gualdrada ; et cela ne manquait, à coup sûr, ni de charme ni de grandeur. Tout en prêtant l'oreille aux jérémiades de la sorcière, j'observais attentivement, dans une glace haute, l'image qu'y envoyait notre groupe bizarre. Toutes choses étaient telles qu'elles devaient être dans la scène offerte à ma vue ; l'harmonie y régnait parfaite, tant au physique qu'au moral, et le cadre s'y adaptait à merveille. Dans la clarté d'une fenêtre ternie, pleine de vieux ciel vaporeux, la petite bossue tapie au creux d'un immense fauteuil instable et gémissant, brodé d'oiseaux jaunis, de fleurs effilochées, de bergerettes et de Colins rapiécés ; devant elle, sur un tabouret éventré, Pinamonte, les jambes nonchalamment étendues, le menton à la poignée de l'épée. Flic flac, le crapaud. Tic tic tic, la poule. Ronron, le chat. L'armoire toute pleine du tumulte muet des souvenirs ; sur la muraille, les ébats inquiétants de trois grandes araignées immortelles et de deux cloportes de cimetière, gras et lourds ; de vieilles cartes éparpillées çà et là ; de la poussière et de l'irrémédiable partout. Avez-vous jamais joué, dans les petits coins humides d'un appartement délaissé, avec une petite fille blonde qui dit : "N'allons point là, de grâce ; là sûrement c'est le diable" ?

« Tout soudain, le désir me banda du talon à la nuque de voir Annalena nue au milieu de cette désolation et de cette poudre. Prenant brusquement congé de la devineresse, je courus m'enquérir auprès de Giovanni du jour et de l'heure où la sorcière s'absentait de son antre. Le factotum m'apprit qu'elle manquait rarement une messe ou un prêche, et qu'il avait accoutumé de l'accompagner chaque dimanche à San Maurizio pour vêpres. C'était un vendredi ; jamais jour du Seigneur ne fut attendu avec plus d'impatience. Je m'ouvris à Manto de mon bizarre caprice. Tout d'abord elle n'en fit que rire, m'appelant vieux damoiseau perverti ; mais bientôt, à la peinture que je lui fis de la scène projetée, ses beaux yeux d'écolière se remplirent de certains feux secrets bien propres à mettre en branle tous les diables de l'enfer. Elle me suggéra même de.......................... La crainte aussi où nous étions de voir apparaître d'un moment à l'autre le gros bonnet et les bésicles de fée Carabosse............... Il n'était que temps....................... Pardonnez, chevalier, au scabreux de ces détails....................................

« Environné que j'étais de rivaux réels et sans cesse traqué par des traîtres imaginaires, je ne pouvais goûter un seul instant de repos de cœur ou de calme d'esprit ; et mes misérables jours se consumaient dans l'attente des pires catastrophes et la préméditation des plus cruelles vengeances. Je pestais à tout moment contre l'humanité entière ; je maudissais le destin, les dieux, la création et jusques aux entrailles qui m'avaient conçu. Toutefois, au plus fort de mes souffrances et de mes emportements, je ressentais, dans le secret de ma chair et de mon âme, une sorte de plaisir obscur et singulier qui me paraissait être composé de titillante angoisse et de délice rongeur et dont je ne saurais vous donner quelque idée qu'en le comparant à la pollution pleine de mystère et d'épouvante des pendus. Tout en exécrant ces sensations avilissantes et sinistres, je ne me pouvais empêcher d'en acérer sans cesse l'aiguillon infâme et douloureux. Harcelé sans trêve par la plus libidineuse et la plus folle des jalousies, je recourais à la ruse et, usant (Dieu seul sait avec quelle maladresse !) du classique stratagème des départs inopinés, j'allais, sous les plus fantasques travestissements, me poster à certain coin de rue obscur d'où je pouvais, la plupart du temps sans être inquiété de personne, surveiller durant des heures le vieux palais mélancolique de ma maîtresse. Il eût été plus sage, sans contredit, de confier la belle à la garde de quelque duègne avisée ou de la faire surveiller par une troupe de triste-à-pattes agiles et grassement rémunérés de leurs offices ; mais ce moyen vulgaire de s'assurer la fidélité d'une amante répugnait à un amour fantasque dont l'objet, pour étranger qu'il fût aux vertus des anges, ne m'en paraissait que mieux pénétré des charmes redoutables que l'imagination prête aux esprits des ténèbres.

« D'une autre part, tout en maudissant l'amour et les soupçons jaloux qui faisaient de ma vie un supplice, il n'était rien au monde que je redoutasse tant qu'une découverte de trahison qui m'eût peut-être à jamais délivré de mes tourments ; car, semblable en cela à la plupart des humains, je préférais l'illusion dont se bercent les doutes au désenchantement qu'apporte avec soi toute certitude. L'innocent stratagème des espionnages nocturnes se recommandait donc le plus naturellement du monde à mon esprit par l'avantage double qu'il paraissait m'offrir de flatter mes goûts romanesques et d'épargner dans le même temps à mon cœur les tristesses d'un désabusement définitif. C'était à la fois le plus délicieux des irritants et le plus bénin des remèdes à ma souffrance. Que le sentiment même le plus douloureux est donc une exquise chose ! Oui, Monsieur le chevalier, de mes accès de voluptueuse méfiance j'ai gardé le souvenir le plus vivant et le plus attendri ; mon cœur désenchanté les aime encore de toute la nostalgie que peut inspirer à un vieux joueur ruiné l'évocation des précieuses angoisses du brelan. Blotti dans mon humide cachette tel un fauve en ses écoutes, ou debout et figé dans une immobilité de saint cloué à sa niche, je suivais passionnément du regard le mouvement des lumières et des ombres dans les appartements de ma belle ; je tressaillais au plus faible bruit ; l'approche d'un passant réveillait dans mon cœur de douloureux échos ; je me sentais environné de sombres mystères, de haines implacables, de dangers sans nom. Plein de craintive fureur, je surveillais attentivement la morne et silencieuse ruelle ; dans chaque cavalier qui la traversait, je pensais reconnaître un rival, un vil larronneau d'amour ; dans chaque vieille qui y traînait son pas attardé, une infâme appareilleuse travaillant à ma perte. La nuit m'enveloppait de ses ombres humides ; les pluies et les grêles de l'automne me fouettaient le visage ; des ivrognes prophétiques m'accablaient d'injures ; je demeurais insensible sous les affronts.

« Ces risibles extravagances vous étonnent, chevalier. Elles ne laissaient pas que de me surprendre moi-même. Car — je ne saurais trop le redire — l'étrange dédoublement dont je souffrais n'avait en aucune sorte altéré ma raison, et l'ancien Brettinoro circonspect et désabusé ne se lassait point de chanter pouilles au nouveau Pinamonte inconséquent et fougueux, lui remontrant cent fois du jour l'ingénuité de sa tendresse et la grossièreté de ses dérèglements. "Ô tête folle d'amoureux grison, ô le plus lâche des Benedetto, ô le plus misérable des

Guidoguerra !" — ainsi m'invectivais-je dans le coin obscur qui servait d'observatoire à ma trop soupçonneuse passion ; — "Ô la plus infortunée des dupes de l'amour ! Quelle folie est la tienne ! N'aperçois-tu pas l'abîme que le plus risible des aveuglements creuse sous tes pas ? Vieux ramier roucouleur et déplumé ! Trop impétueuse ganache ! Descends en toi-même ; peut-être en est-il temps encore ! Qu'adviendra-t-il, Pinamonte du Diavolo, le jour où ta bourse, déjà fort allégie, sera tout au plus propre à servir de mouchoir à ton nez larmoyant ou de torche-cul à ton foireux désespoir de barbon ? Ah ! par le Styx, est-ce là le fruit des sages conseils de M. de la Bretonne ? Debout, Brettinoro ! Ami de Lauraguais, émule de Briqueville, secoue cette torpeur ; tes songes sont perfides ; les pires calamités te guettent."

« Cependant, l'infortuné jaloux demeurait sourd aux exhortations de la raison et Brettinoro jouait par-devant Pinamonte le rôle ingrat d'un Cassandre. Si atroces et ridicules que fussent mes amoureuses angoisses, elles ne laissaient pas de me paraître préférables à l'horrible solitude d'esprit et de cœur qui me rendait odieux jusqu'au souvenir de mes jeunes ans. Dans ces conflits intérieurs l'avantage demeurait régulièrement à l'amour ; et, tout en méprisant la Sulmerre, je me surprenais quelquefois à caresser l'extravagant projet de m'en assurer l'entière possession par le moyen d'une union légale. Tant il est vrai que la triste raison humaine, pitoyable assemblage de préconceptions obscures, de résignations craintives et de jugements spécieux, finit toujours par céder à la persuasion sournoise et subtile du Sentiment, lequel est l'essence même et l'unique gouvernant d'une humanité inconsciente et d'un monde tout pénétré d'un terrible et tendre mystère.

« Au surplus, toutes ces moqueries et tous ces reproches n'eurent jamais d'autre effet que d'exaspérer inutilement le sentiment de ma faiblesse et de mon ridicule. Le sel brut et tranchant de mes moroses plaisanteries ravivait cruellement, dans mon cœur, le feu des blessures que la passion y faisait chaque jour. Ineptes à me guérir de ma folie, ces tardifs regrets étaient tout au plus propres à me rappeler le danger que je courais de me perdre dans l'opinion du monde. Je rougissais de jouer un rôle de jaloux ténébreux dans une intrigue où mes frivoles rivaux n'apercevaient sans doute qu'une farce des plus vulgaires ; et j'avais en outre tous les sujets du monde de redouter que, se lassant des ridicules du roquentin, la malveillance des entours n'en vînt à s'attaquer à l'honneur du gentilhomme. Le conflit de tant de sentiments contraires passait ma raison. Je m'étonnais que le mépris et la crainte pussent occuper une place si grande dans un cœur comblé de tendresse. Je répugnais aussi quelque peu à soumettre au jugement du monde une passion qui élevait parfois mon âme jusqu'à Dieu ; et je n'arrêtais de maudire mon amour que pour me reprocher mon ingratitude. "Insensé, criais-je alors ; insensé ! Te laisseras-tu jusqu'au dernier jour opprimer par l'habitude du mensonge et la tyrannie du préjugé ? Ne sais-tu pas que l'être aimé, mauvais ou bon, noble ou méprisable, n'est jamais autre chose qu'une vaine apparence et que la fin de tout amour est dans le sein de l'Être unique ? Qu'importe donc le combustible, si la flamme s'élève au ciel ? Crains-tu d'être moqué par la foule des sots ? L'objet de ta flamme est plein de grâce, comment saurais-tu être ridicule ? Est-ce ton propre jugement que tu redoutes ? Ton amour est sincère ; si le prêtre le condamne, quel ange de pureté véritable l'oserait seulement accuser ? Mais non ! je lis tout autre chose en ta pensée de vieux ladre hypocrite ; l'image du rival jeune et pauvre obsède ta triste cervelle. L'avarice, dans ton misérable cœur, dispute la première place à la jalousie. Et c'est là ton ridicule, et c'est là ton impureté !"

« L'attitude pleine de grandeur et de défi qui accompagnait ces soliloques violents ; l'image hautaine et farouche que me renvoyaient, à de tels moments, les miroirs ; le son autoritaire de la voix, la vivacité du geste, tout semblait devoir renforcer l'éloquence des paroles et rétablir enfin le calme dans mon âme... Hélas ! rien ne pouvait égaler pour mon cœur l'attrait bizarre de l'anxiété ! Après une heure ou deux d'apaisement, les soucis jaloux reprenaient sur moi leur empire, et je frissonnais dans ma terreur comme la phalène crépite dans le feu meurtrier. Qu'il soit dit, toutefois, en ma faveur, que le monde semblait avoir pris à tâche d'entretenir l'angoisse qui me dévorait. La sotte envie faisait déjà courre sur mon compte les bruits les plus singuliers ; Giovanni m'en rapporta quelques-uns qui me donnèrent tout lieu de faire des réflexions sérieuses. La Sulmerre passant pour fort riche, moi pour totalement ruiné, tels de mes détracteurs m'accusaient d'être aux crochets de mon amie, tels autres de chercher à me rendre maître, par le moyen d'un mariage scandaleux, de sa fortune mal acquise ; quelques pécores allaient même plus outre, poussant la méchanceté jusqu'à nous soupçonner tous deux d'un commerce criminel avec les princes de l'Amitié !

« Irrité à l'excès par ces sottes calomnies, j'eus recours à la ruse et je m'ingéniai à tromper sur la nature réelle de mes sentiments toute la tourbe héraldique et écrivassière qui composait les entours de la Mérone. L'entreprise, sans nul doute, était des plus délicates ; car le vulgaire des palais ne se laisse pas si aisément berner, dans les choses de la vie, que la canaille des rues. Néanmoins, mes efforts furent couronnés de tout le succès dont ils me paraissaient être dignes. M'appliquant sans cesse à déguiser mes sentiments, je ne tardai guère à passer maître dans l'art de la dissimulation, et bientôt j'eus la satisfaction de lire sur tous les visages le désappointement causé par le rapide attiédissement d'une passion que l'on imaginait volontiers, grosse de ridicules désastres et fertile en scandales de plus d'une espèce. Quelque mépris que j'eusse pour mon entourage, je m'étonnais de n'y rencontrer pas un qui fût à tout le moins capable d'apprécier l'habileté dont je faisais preuve en affectant, au plus fort de ma tragique passion, des dehors de mauvais sujet en quête d'aventures divertissantes et passagères. Seule ma friponne d'ensorceleuse pénétrait le secret mélancolique de mon âme ; même elle me semblait quelquefois touchée d'une certaine compassion ; car la friponne avait la fibre fort sensible et ne manquait ni d'esprit ni d'entrailles. Toutefois, ses attendrissements n'étaient que de fort courte durée, et ils s'achevaient pour l'ordinaire dans quelque accès d'hystérique hilarité à laquelle je ne me pouvais tenir la plupart du temps, de faire écho ; tant le contraste me paraissait plaisant que je surprenais sans cesse entre mon humeur naturelle et le caractère d'emprunt du personnage que je faisais devant l'envieuse galerie.

« Je devais donc bientôt comprendre qu'une compagnie qui se laissait de si bon cœur donner la berne était tout au plus digne de mon mépris ; et cette pensée suffit à me dégoûter du succès trop aisé de ma feinte. Je ne tardai point, au surplus, de reconnaître dans l'habileté de ma simulation une preuve de plus à la déchéance de ma volonté, et dans mon obstination à celer mon atroce angoisse le plus grave symptôme du mal dont elle tirait origine. Je me faisais horreur, je prenais en pitié et mon cœur et mon âme ; d'heure en heure je sentais croître ma haine instinctive de la fausseté ; mes innocentes affections m'apparaissaient dans la fièvre anxieuse de l'insomnie, sous les traits odieux du mensonge et de la démence ; enfin je finis par me persuader que le sens même de l'honneur m'était devenu étranger et que, sous le masque de ses viles bravades, ma faiblesse s'était transfigurée en lâcheté. Rien ne m'a jamais donné plus de tourment que cette crainte où j'étais de perdre le peu d'énergie qui me restait encore et de me transformer en marionnette docile entre les doigts charmants et capricieux d'une créature. En quelque lieu que je portasse mes pas, la silencieuse obsession m'y suivait comme un chien fidèle.

« Vous riez, Monsieur le chevalier ; hélas ! apprenez donc que ma folie m'accompagnait partout sous la forme d'un chien véritable ! J'étais devenu sujet à des visions ; non contente de tourmenter nuit et jour ma pauvre cervelle, l'horrible idée fixe me glaçait en m'apparaissant sous l'aspect répugnant d'un vieux roquet galeux, famélique et larmoyant... Ô le petit corps dévoré de pustules, les maigres pattes, le cul pelé, enflé, l'écarlate nature en éternelle érection, du spectre rogneux, du chien immonde de mon âme ! Immodeste et funèbre image ! je l'ai sans cesse devant les yeux ; le temps ne l'a point fait pâlir ; le trépas ne la saurait effacer de ma mémoire. Hélas ! non. Vienne la mort, le cadavre boursoufflé de l'affreux animal suivra ma barque au fil du Léthé. Par toutes les fois que je me reporte à cette époque horrible de ma vie, le frisson du dégoût me secoue de la perruque aux talons. La tombe ne m'inspire ni crainte ni amour. L'éternité n'a plus rien à m'apprendre.

« Dégoûté outre mesure de mon double rôle de gai luron et de patito plaintif, sans trêve je roulais dans mon esprit mille vengeurs projets de rupture et de fuite ; cependant, de quelque côté que je me tournasse au fond de mon ridicule désespoir, partout je ne rencontrais que les mailles serrées des pièges tendus par l'amour. À quels moyens de délivrance n'eus-je pas recours dans ma risible détresse ? À quels vices n'ai-je pas fait appel dans cette recherche d'un dérivatif à ma lâche aberration ? Arrosant de champagne mes victoires au passe-dix ;

noyant dans les Nuits mes défaites au quincove, je courais du tripot au cabaret et du cabaret au bordel public, partout salué roi des brelandiers et empereur des biberons. Où chercher le Scarron capable de décrire la bouffonne exubérance de mes ivresses, le Hogarth digne de peindre la burlesque mélancolie de mes heures de remords ? Combien de fois, dans le tumulte de mes idées, me suis-je enfui, la nuit, du palais de la Mérone, pour courir, dans l'appareil succinct du déduit, les cheveux aux vents, l'œil égaré, l'ordure aux lèvres, réveiller le placide Giovanni, gardien de mon logis et confident de mes peines ? Les rues sont désertes, les canaux dorment profondément. Je cours, je bondis, je vole dans les ténèbres. Mon bras desséché et glacé agite une lanterne morte. L'amour, la jalousie, la conscience de mon ridicule, la crainte du déshonneur, la haine de mes rivaux inconnus me poursuivent comme autant de diavolos enflammés. Zèbre, élan, je franchis marches, ponts et barrières ; taureau, j'enfonce à coups de tête et de pieds la porte de ma maison ; enfin, Antisthène et roquentin, je tombe essoufflé, larmoyant, maugréant, épuisé, dans les bras paternels du vieux serviteur de ma famille.

« "C'en est fait, c'en est fait de moi, Giovanni ! Me voici seul, tout seul au monde ! Ouvre-moi tes bras secourables ! Toi, du moins, maraud du diable, tu ne m'auras pas trahi ! Sais-tu ce que c'est qu'être seul, tout seul au monde ? Horreur ! Ah ! profonde horreur ! Toutefois, admire la générosité de mon âme, la grandeur de ma résolution ; car nous partons, Giovanni, nous plions bagage, nous abandonnons sur l'heure et pour jamais l'affreux séjour de la sottise, de l'envie et de la perfidie. Nous sommes des héros, nous autres, des Brettinoro, des San Benedetto, des Guidoguerra de la première croisade... Eh quoi ! tu n'admires pas mon calme, ce me semble, Giovanni fidèle et sage ; cependant mon courroux est plein de mesure et d'auguste majesté. Ô joie ! l'heure de la vengeance a sonné. Nous sommes libres ! Libres comme l'habitant de l'air, indépendants comme l'âme des philosophes superbes ! Adieu, Venise, cité maudite, cabanon de l'Italie ! Brisons là, Giovanni ; les propos sont hors de saison ; il nous faut — palsanguié ! — des actes, rien que des actes, à nous autres !"

« Sans témoigner le plus faible étonnement, sans me marquer le moindre doute au sujet de ma soudaine résolution, le discret

Giovanni, parfait connaisseur du cœur humain, se mettait aussitôt à l'œuvre ; tout en pestant comme un beau diable, je l'y aidais de mon mieux ; livres, vêtements, cartons et bibelots s'engouffraient allègrement et pêle-mêle dans les coffres voraces. Tout était prêt, maintenant ; la nuit pâlissait ; à l'instant de boucler le dernier sac, les doigts de rose de l'aurore venaient se joindre aux nôtres. L'aube du grand jour était là, Monsieur le chevalier ! Giovanni hélait les faquins, distribuait les ordres, marchandaillait avec les gondoliers, s'informait des bâtiments en partance. Mon rire satanique dominait les disputes, les chansons, les rires, les lazzi ; cavalièrement perché sur quelque meuble renversé, je me donnais des airs de conquérant, ma badine se transformait en bâton de maréchal ; je coquetais avec mon infortune ; je prodiguais à droite et à gauche le maroufle et le maraud, je réconfortais dame Gualdrada, Je me sentais puissant et victorieux ; — songez donc, chevalier ! J'avais vaincu l'amour, des dieux le plus redoutable ! Enfin le précautionné Giovanni ouvrait toutes grandes les portes et donnait le signal du départ ; la joyeuse caravane des faquins le suivit en désordre ; rieur et belliqueux, je fermais la marche. Nous descendions à la rue. Ah ! chevalier, à la rue ! À la rue, hélas !... La ville encore pâle de sommeil, le silence, l'odeur de l'eau... Je cessais aussitôt de faire le rodomont et redevenais le pitoyable Pinamonte ; la mélancolie du départ agrippait sauvagement mon cœur, l'affreux fantôme de ma solitude ancienne me menaçait de dessous les ponts ; les regards des passants, les couleurs du ciel, l'odeur du vent, les lueurs des fenêtres, tout, tout me parlait de l'atroce solitude qui m'attendait là-bas, là-bas quelque part, là-bas n'importe où, bien loin, bien loin. Une avalanche de vieille neige spongieuse et sale s'abîmait dans mon cœur ; le soleil funèbre du passé éclairait ma mémoire ; et, par toutes les fois que ma pensée s'arrêtait sur mon cruel destin, une image ridicule et répugnante me traversait l'âme en clochant : celle de mon pauvre vieux chien abandonné, famélique et galeux. Ciel ! que la Sulmerre était donc près ! Que la Chine de son Benjamin était loin ! Annalena ! Annalena ! Ô douceur d'accepter toutes les humiliations ! Ô bonheur de se résigner à dormir sa vie d'incrédulité, d'abandon et d'ennui entre les bras berceurs et perfides de Manto ! Toutes choses à l'entour me paraissaient mornes et misérables ; je me sentais prêt à succomber sous l'horrible faix de l'atmosphère, de l'azur, de la vie... Me tournant alors d'un air piteux vers mon vieux valet : "Giovanni", balbutiais-je : "fidèle Giovanni ! Tu me comprends ; l'âme humaine n'est que caprice et faiblesse ; toi-même, ami maraud, ne te plains-tu pas quelquefois de ton cœur trop sensible ? Ah ! Giovanni, qu'avons-nous fait là ? Où courons-nous ? Quel démon nous chasse de ces lieux ? Eh quoi ! ne trouverons-nous jamais l'abri où reposer nos vieux os de vagabonds ?" Giovanni feignait de demeurer insensible à ma prière et, suivi du cortège des portefaix, continuait tranquillement sa marche. La tête basse, le cœur me gourmant avec fureur par tout le corps, depuis les genoux jusqu'à la racine de la perruque ; le sang glacé de lâcheté, l'âme honteuse jusqu'à la mort, les yeux brûlés de larmes, je suivais en chancelant l'équipe joyeuse des porteurs. Finalement, la colère et le désespoir me faisant secouer toute fausse honte, d'un air terrible je donnais à mes gens l'ordre de rebrousser chemin. À ma première tentative de délivrance j'eus la témérité de fuir jusqu'à Trieste ; à la seconde, le courage de me traîner jusqu'au port ; mais à partir de la troisième, jamais je ne me trouvai la fermeté de dépasser le coin de ma rue.

« Ainsi le vieux corbeau déshabitué de la liberté reprenait régulièrement son vol vers la cage adorée et maudite ; et jamais oiseau évadé et battu par les autans et les pluies des mers n'a goûté plus repentantes joies ni plus tendres cajoleries de retour. Mais ces pures délices du revoir n'étaient que de courte durée ; car je revenais à mes soupçons, à mes rancœurs, comme on s'en retourne vers de vieilles amitiés chagrines et ressasseuses. Pouvait-il en être autrement des mélancoliques plaisirs de nos réconciliations ? Ma frivole amante me les mesurait plus souvent au gré de sa fantaisie que selon le désir secret de son cœur ; et, lors même que les épanchements de sa pardonnante tendresse paraissaient marquer moins de méfiance ou de hâte, ma trop vigilante jalousie ne laissait jamais d'en interrompre le cours par quelque absurde éclat.

« Je ne m'étendrai pas sur nos sottes et bruyantes querelles ; le souvenir que j'en ai gardé m'emplit de dégoût et d'angoisse ; car elles dégénéraient quelquefois en véritables rixes, au cours desquelles l'amoureux tyran laissait la place libre au bourreau énervé. À ces honteux combats la furieuse luxure apportait souvent ses armes, et les traités de paix étaient pour lors scellés avec des larmes, du délice, et quelquefois du sang. Des accalmies sournoises et taciturnes succédaient pour l'ordinaire à ces tempêtes du cœur et des sens ; malheureusement je ne les ai jamais su occuper qu'à étourdir par de vaines ratiocinations les sages repentirs qui me tourmentaient ; et, rejetant de la sorte tout le fardeau de la faute sur les chères épaules de mon ensorceleuse, je ne tardais pas à redevenir la proie de mes soupçons et de mes désirs de fuite et de vengeance. Pour tout autre que vous, le naturel serait inexplicable d'un homme parfaitement conscient de sa faiblesse et cependant sans cesse occupé d'héroïques projets de délivrance ; mais telle est la folie des vrais fervents de l'amour de rechercher un amer plaisir aux pensées et aux sentiments qui les paraissent contrarier de la façon la plus cruelle et la plus sûre du monde.

« Le souci de venger un outrage sinon avéré, du moins fort probable, n'était pas étranger à la facétie de mes haines énamourées et de mes fuites rétives ; toutefois, il n'y jouait qu'un rôle secondaire. Certes, je prenais un malin plaisir, tant que duraient les préparatifs du voyage, à me représenter les scènes de surprise ou de désespoir auxquelles ma disparition soudaine devait donner lieu : la consternation, l'accablement, la honte de la Mérone, la colère de son frère Alessandro, l'étonnement des jeunes roquets de sa suite, les railleries des galants surannés de sa cour, les cailletages de l'office, la belle humeur de Labounoff, l'admiration enfin sournoise et mêlée de dépit que devait inspirer à mes rivaux la fermeté d'un grand seigneur sacrifiant l'amour à l'honneur, le bonheur à l'orgueil et le plaisir au dédain. Quelque agrément, toutefois, que je trouvasse à caresser ces images vengeresses, je les oubliais sitôt que, l'heure des adieux suprêmes sonnant, la triste réalité m'ordonnait de passer du projet à l'exécution ; car la charmante et cruelle nostalgie m'attendait au seuil de ma maison, la funèbre fleur du souvenir à la main. Je m'abandonnais alors à la sombre joie du regret, à la mortelle ivresse du désespoir ; et je retournais à mon lamentable naturel d'Antisthène et de Pinamonte.

« Mes belles résolutions de rupture m'étaient donc pour l'ordinaire soufflées par la voix de la colère et de la honte ; cependant il fallait qu'il y eût en elles un attrait plus puissant que la vengeance même, puisqu'en dépit du piteux résultat de mes fuites antérieures je ne laissais pas d'en poursuivre la réalisation. Sans contredit, la vengeance est déjà une sorte de volupté et rien, à mon sens, ne ressemble moins qu'elle à l'amour de la justice ; car, en usant de représailles, nous nous soucions moins d'offrir un exemple de justice que de nous payer de nos peines par le plaisir que nous trouvons à faire souffrir à notre tour. Si grave que soit un outrage, nous n'en élucidons jamais les mobiles que par le moyen d'un calcul approximatif, singulièrement dans les choses de l'amour ; et il y demeure toujours quelque point obscur, à cause qu'il n'est donné à personne de pénétrer entièrement l'âme du coupable. Quelque large, par contre, que puisse être dans l'acte de vengeance la part que nous y voulons faire de l'impulsion, la préméditation n'en demeure pas moins un fait avéré ; de sorte que les raisons de la vengeance apparaissent toujours plus claires et plus certaines que les mobiles de l'outrage.

« Mon cas était cependant plus complexe, car au désir de chagriner la Sulmerre se joignait la bizarre envie de tourmenter mon propre cœur. Vous connaissez déjà, Monsieur le chevalier, la tristesse de mes séparations d'avec Annalena. Pour comble d'infortune, ou peut-être pour surcroît de ridiculité, au deuil de mon amour venait se joindre le regret absurde des êtres et surtout des objets témoins de mon capricieux bonheur. "Hélas ! Pinamonte, vieille tête folle !" — soupirais-je sottement dans mon cœur — "tu traîneras tes pas de vagabond sur toutes les routes du monde ; mais, comme que tu fasses, évocateur solitaire et nostalgique, tu ne les entendras plus retentir dans les appartements de ta chère cruelle ! Ce ciel qui s'arrondit au-dessus de ta tête, tu le connaîtras pour ton malheur, sans doute longtemps encore ; mais jamais plus tu ne le contempleras du vieux balcon fleuri de la Maison du Bonheur. Te souvient-il de l'aubade que les gondoliers te donnèrent l'an passé sous les fenêtres de ta belle ? Tu l'entendis dans le demi-sommeil, au fond du grand lit ancien tout parfumé des songes d'Annalena assoupie. Brettinoro de malheur, Guidoguerra du diable ! Et ce petit coin obscur entre la cheminée et le bahut de chêne, où tu t'allais blottir durant les absences de ton amie ? Le cul sur le marbre dur et froid du dallage, les yeux perdus au ciel faux du plafond, un livre non coupé à la main, quelles délicieuses heures de tristesse et d'attente, ô vieille ganache, tu y sus vivre ! Le jour mourait dans les hautes fenêtres vaporeuses ; le crépuscule t'enveloppait de confidentielle et profonde musique ; ton âme d'étourdi suivait le vol d'un gros taon ivre d'amour et de sommeil, petite voix de basse de l'été, minuscule toupie d'Allemagne des vieux jours. Vivre et mourir dans ce coin de chambre sentimental, te disais-tu ; eh oui, y vivre et mourir ; pourquoi donc pas, monsieur de Pinamonte, ami des petits coins obscurs et poussiéreux ? Ici, la méditative aragne vit puissante et heureuse ; ici le passé se recroqueville et se fait tout petit, vieille coccinelle prise de peur... Ironique et rusée coccinelle, ici le passé se retrouve et demeure introuvable aux doctes lunettes des collectionneurs de jolivetés. Ici tu trouves mille remèdes à l'ennui et une infinité de choses dignes d'occuper ton esprit durant l'éternité : l'odeur moisissante des minutes d'avant trois siècles ; le sens secret des hiéroglyphes en chiures de mouches ; l'arc triomphal de ce trou de souris ; l'effilochement de la tapisserie où se prélasse ton dos arrondi et osseux ; le bruit de rongeur de tes talons sur le marbre ; le son de ton éternuement poudreux, chanson en fausset de Leporello ; l'âme, enfin, de toute cette vieille poussière de coin de salle oublié des plumeaux... Et tu pleurais, vieux Pinamonte, en vérité ! Tu te surprenais à pleurer... Car, enfant, tu avais déjà le goût des combles de châteaux et des coins de bibliothèques à rossignols, et tu lisais avidement, sans y entendre un traître mot, les privilèges hollandais des in-folio de Diafoirus... Ah ! fripon, les délicieuses heures que tu sus vivre, en ta scélératesse, dans les réduits saupoudrés de nostalgie du palazzo Mérone ! Comme tu y gâchais ton temps à pénétrer l'âme des choses qui ont fait le leur ! Avec quel bonheur tu t'y métamorphosais en vieille pantoufle égarée, échappée au ruisseau, sauvée des balayures ; en dé dépareillé que le pied d'un joueur a fait rouler là il y a cent ans ; en tête de poupée de bois oubliée dans ce coin de salle, par une petite fille au siècle dernier... Mystère des choses, petits sentiments dans le temps, grand vide de l'éternité ! Tout l'infini trouvait place dans cet angle de pierre, entre la cheminée et le coffre de chêne... Brettinoro ! Guidoguerra ! Où sont à cette heure, où sont, morbleu ! tes grandes félicités d'araignée, tes profondes méditations de petite chose gâtée et morte ? Et cette descente de lit, cette mélancolique descente de lit dont le jardin laineux occupait, au réveil, ton esprit somnolent ?

« Ô San Benedetto ! Pitoyable fou, ennemi de ton cœur ! Songe à la lampe, à la lampe si vieille qui te saluait du plus loin à la fenêtre de tes pensées, à la fenêtre haute brûlée de soleils anciens, et que tu nommais ta Rowena... La clarté chevrotante de la lampe se taira désormais... Que pensera de toi, pauvre âme ombrageuse et félonne ! Que pensera de toi, durant les nuits d'hiver et de délaissement, la vieille lampe amie ? Que penseront de toi les objets qui te furent doux, si fraternellement doux ? Leur obscure destinée n'était-elle pas étroitement unie à la tienne ? Tu as donné beaucoup de ton âme et communiqué un peu de ta vie même à ces humbles choses ; les veux-tu trahir à présent, les veux-tu abandonner, replonger dans leur néant, ô toi trop tendre hier, ô toi trop cruel aujourd'hui ? Les choses immobiles et muettes n'oublient jamais : mélancoliques et méprisées, elles reçoivent la confidence de ce que nous portons de plus humble, de plus ignoré au fond de nous-mêmes. Ô Pinamonte du Diavolo ! Ton âme est bien plus près des choses que de ce triste toi-même que tu appelles ta raison. Ta raison ! frivole ennemie du silence, pauvre chose mobile, bruyante, gonflée d'illusions et d'alarmes ! Songe aux objets, aux ternes objets sans nom, confidents muets de ton amour. Ils vivent plus longtemps que les hommes ; ne méprise pas leur silence ; leur silence est si vieux ! Il a trop de choses à dire. Tu pars, Pinamonte ; tu t'éloignes, Brettinoro ! Tu fuis, Guidoguerra ! Tes longues jambes de fou et tes rêves d'impossible t'emportent ; la tempête de ton courroux t'enlève comme une plume arrachée au messager ailé. Barbare ! N'as-tu pas pitié, du moins, des fleurettes roses, des rosettes trémières sur la veste azurée du prince Labounoff ? Ah ! ton amour, ton pauvre amour d'avant un an ! Ton oreiller de demi-sommeil, gonflé de fleurs et de musiques ; ton illusion, ta foi — ah ! pauvre de toi et de ton amour ! Songe à la fête du duc di B..., songe à la terrasse, à la galerie, au murmure, du jet d'eau ! Hélas ! le sourire béat, la face rouge et la bedaine orgueilleuse du Moscovite fougueux, ingénu, madré et dupé !

« Vagabond des jours sans soleil, aventurier des nuits sans lune ! Tu ne dois plus revoir la Vénus mutilée du jardin, ni les marches boiteuses du perron ; tu ne dois plus entendre le bruit d'oiseaux des avirons, ni le galop des rats siffleurs, des vieux rats confidents de tes insomnies, ni le croassement de la girouette là-bas, là-bas si loin déjà, sur le toit surchargé de ciel vieux de la maison Mérone ! Toutes ces choses sont loin, bien loin, elles ne sont plus, elles n'ont jamais été, le Passé n'en a plus mémoire...

Regarde, cherche et t'étonne, frémis... Toi-même, tu n'as déjà plus de passé ; tu as tué ton amour, gaspillé l'or chantant de ton âme, grossièrement renié ta foi unique, anéanti ta réalité suprême, écrasé sous le talon le grain de blé doux de ton cœur.

«La foudre a frappé l'oasis ; un seul arbre est resté debout au milieu du désert. Le vieil arbre de ta solitude ne portera plus de fruits ; le vent du sud a soufflé, le cœur des dattes est pourri. Meurs, ouvre-toi à la vermine, blanchis comme l'eau, et tombe et t'émiette dans le vent, vieil arbre du désert, sans fruits et sans oiseaux, sans palme et sans écorce, sans brise et sans rosée ! Seul, tout seul à jamais au milieu du désert !

« Telles étaient mes réflexions, Monsieur le chevalier, tels étaient les cris de mon regret. Mes confidences manquent de mesure, mes aveux de pudeur ; ne me regardez pas, ne m'interrogez pas, ne me condamnez pas ; j'ai honte, je rougis de mon vieux cœur. Pardonnez-moi, ou si vous me jugez indigne de votre indulgence, pardonnez du moins à l'amour, à la vie, à l'éternelle tendresse qui pleure et chante au cœur de toutes choses !

« Mon sang, mon corps, mon âme ne m'appartenaient plus. Je répugnais à séparer, ne fût-ce qu'en pensée, mon destin de celui de la Mérone. Absent de mon ensorceleuse, je me prenais à douter tant de la réalité des choses que de ma propre existence effective. Tout haletant d'une angoisse sans nom, je descendais à la rue ; pensant, en tout sérieux, être devenu invisible, j'adressais la parole aux inconnus ; leurs réponses me causaient de la surprise, parfois même de l'effroi. Je palpais tous les objets qui se présentaient à ma vue, et m'étonnais de sentir encore et d'être matière. Car je n'imaginais pas, en l'absence de la Sulmerre, de raison ou de semblant de raison à mon être. Je ne pouvais admettre que ma chair pénétrée d'amour pût tomber sous d'autres sens que ceux de mon amante. Une journée — que dis-je ! — une heure de séparation suffisait à me jeter dans un état de prostration indescriptible, dans un anéantissement où mon désir et mon attente semblaient seuls me survivre. Le pressentiment du revoir précipitait dans mon cœur le mouvement secret de la vie ; l'approche de ma très chère, le froissement de sa robe, le timbre magique de sa voix me faisaient sursauter, chanceler, gémir ; son embrassement m'emplissait d'une joie immense, divine, toujours nouvelle. — Eh quoi ! la Mérone était loin de moi le temps d'un souffle encore, et la voici là, à mes genoux ? Elle, grands dieux ! Elle-même ? Et ce n'est pas un rêve ! Elle, mon impossible amour, en chair et en os, en rires et en baisers ! — Je ressuscitais, criant au miracle. Maintenant le malheur, la douleur, la mort elle-même étaient à jamais bannis de mon destin. Je me jetais aux pieds de ma déesse, je sanglotais dans son giron ; elle était la perdue et la retrouvée, la petite fille prodigue de tous les jours, de tous les instants ; mon âme n'avait pas d'autre désir que de célébrer avec une joie toujours égale la quotidienne fête du revoir. Jugez, Monsieur le chevalier, de la profondeur de ma passion ! Et cependant toute cette belle folie s'efforçait en vain d'endormir un seul instant, dans mon misérable cœur, les souffrances que me causaient les pointes de la jalousie ou les tiraillements de l'amour-propre, de la vanité, de l'avarice et de la peur. Mon amour était un furieux combat de faiblesses contraires, de désirs inconciliables et de vices ennemis. Il n'y avait d'égal à mon désir de révolte que le besoin d'aimer sans fin — à la soif d'aimer, que le souci de fuir ; et je ne savais plus de quel côté me venait le conseil du bon sens, ni de quel horizon soufflait le vent de ma folie.

« Toutefois, après quelques mois d'une lutte acharnée, le sentiment finit par l'emporter sur ce qui me restait encore de raison, m'enseignant dans le même temps que ses victoires ont pour effet non d'abaisser, mais d'ennoblir et de grandir le vaincu. Je conquis, je pacifiai le monde de mon esprit. Ce qui jusqu'alors n'avait été qu'une flamme dans mon cœur devint aussi une clarté dans ma cervelle. Je m'appliquai avec ardeur à l'étude de la géométrie. (Frivole chevalier, est-ce donc à ce point plaisant ?) Oui, je retournai avec joie à mes chères sciences mathématiques si longtemps négligées. Je reconnus dans mon pouvoir logique la conscience de mon sentiment. L'amoureuse harmonie de l'entendement humain m'enivra ; tout y est nombre, tout y est cadence ; la réalité des choses et des mots est dans le rythme ; l'univers tout entier est un chant éperdu d'amour. Que de qualités ne nous reste-t-il pas à découvrir, à conquérir, à approfondir en nous-mêmes ! Tout nous est offert dans notre sentiment ; toutes les nouveautés, toutes les formes du progrès y sont mises depuis l'éternité. Je me pris à chérir ma raison d'un amour de père. Contemporain du commencement des choses, historiographe sempiternel du sentiment créateur, je fis danser ma raison, je la fis sauter comme une petite fille. J'eus pitié d'elle ; je lui enseignai l'amour ; je lui appris à penser juste, à parler vrai. La miséricorde humaine n'est que trop souvent un déguisement du mépris ; mais notre mépris pardonnant de la partie raisonnante de l'être est une source de charité sainte et véritable. Car c'est par l'amer amour de la raison que commence en ce monde l'amour divin de l'ennemi ; et la fin dernière de toute critique est dans l'aveugle adoration. Qui que vous soyez, vous êtes et toute la richesse et toute la pauvreté de la terre, tout l'amour pardonnant et tout l'entendement affamé de pardon. Le drame du Paradis perdu se joue depuis les âges dans votre sein anxieux ; la conscience de l'amour sans cesse y usurpe les droits de l'amour même ; et de ce que Dieu est en vous, vous concluez à la divinité de votre être pensant. Si bien que la torture que met dans votre cœur le mensonge d'Adam appelle à grands cris le feu du ciel sur l'arbre monstrueux de science, arbre désormais stérile, mais dont la chair sans écorce vous menace encore des trois grands clous sanglants de la nuit du Rachat.

« L'amour pardonnant de ma misérable raison eut pour effet d'atténuer, dans une certaine mesure, le dégoût apitoyé que m'a toujours donné le spectacle de la pauvreté et de la laideur. "Le Seigneur est gracieux et plein de compassion." Je ne suis pas de ceux qui vendent l'huile parfumée de l'amoureuse pour en distribuer le prix parmi les quémandeurs des carrefours. Je ne suis pas une mesure pour le sentiment ; j'abandonne aux Iscariotes les calculs de la charité. Mon amour du pauvre n'est pas un masque pour ma haine du riche. Et je me méfie des miséricordieux du temps ; ils sont, de par leur nature, quelque peu partisans de la louisette. La dureté du riche est quelquefois ignorance et paresse ; mais la haine du pauvre est toujours le produit d'un calcul erroné. Le cœur du riche est insensible, soit. Mais le cœur du pauvre est mauvais. Le pauvre est la raison du monde : il est formidable, orgueilleux et aveugle. Il n'est point la victime du mensonge social ; il est l'incarnation même du grand Mensonge, du forfait irréparable. Quand la Vérité apparaîtra, une pierre à la main ; quand les dents du monstre seront brisées, le pauvre sera guéri et non vengé. Car la pauvreté est une maladie, une lèpre de la terre, un cancer dévorant dans notre cœur. Que le riche fornique jusqu'à l'aube dans la salle du festin, je n'irai pas lécher sous la table les plaies de Lazare. Lazare usera du glaive et sera maître demain ; et il aura ses prostituées et ses pauvres. Je doute des révolutions, anticipants stériles de la révélation. Le cœur de la Vérité n'est pas un cœur de créature, chatoyant et friable ; l'amour n'est pas une aumône de femme perdue. Le cœur de la Vérité est une pierre dans un torrent, ivre de pureté, de tumulte et de lumière ; et l'Amour est le maître terrible de la Jérusalem nouvelle. L'Homme est venu, mais bien peu de chose est venu de l'Homme. L'Homme reviendra bientôt sous sa forme véritable, qui est celle du maître de la Jérusalem nouvelle. Et ce sera — croyez-m'en bien, chevalier — l'affaire, de beaucoup moins qu'un instant de notre vie terrestre.

« J'allai vers les pauvres. Ils accueillirent ma sincérité avec méfiance, je pénétrai leur secret sans étonnement. Que de choses je reconnus en eux qui étaient miennes ! D'un monde où l'on ne pense pas ce que l'on dit à un monde où l'on ne peut dire ce que l'on pense, le passage n'a guère de quoi surprendre. Je m'assis à la table du travailleur ; je me penchai sur le grabat de l'agonisant, je jetai de la nourriture dans la gueule horrible de la faim. Et la vue des pleurs infâmes de la reconnaissance me fit frissonner de dégoût. Certain jour, un très vieux soldat infirme se jeta à mes pieds, m'appelant son sauveur. Mon cœur s'emplit d'un tumulte affreux. "À l'épée ! à l'épée ! Achève-le ! Tu feras l'aumône quand ton amour saura multiplier les pains. Aujourd'hui, il faut tuer, il faut tuer !"

« En dépit de mon soin à tenir secrètes ces débauches de charité, Clarice en eut connaissance. Sa bonté animale d'enfant sensuelle s'éprit aussitôt de cet idéal médiocre. Il y avait beaucoup d'un garçon et d'un charmant garçon en elle. Elle voulut me suivre dans mes pèlerinages aux mansardes ; j'eus toutes les peines du monde à l'en dissuader. Il est trop tôt dans le jour du temps pour les fiançailles de l'amour et de la pitié. Il faut plus de soleil, il faut un grand midi d'amour pour faire de la petite racine amère de notre pitié une chose illuminée de fleurs et enivrante aux abeilles. L'Homme, l'Homme approche ! Il marche sur la mer, suivi du cortège saint des montagnes énamourées. Il est beau, puissant, terrible ; la première pierre de Jérusalem rayonne dans sa main ; il baise la gueule ensanglantée du monstre vaincu, expirant. Toute la chair humaine flamboie de pitié immense et joyeuse ! Car elle est immense et joyeuse, la pitié qui accourt au-devant de la force et de la beauté !

« Quand Annalena s'irritait de mes refus, je lui répondais avec un petit sourire hypocrite : "Patience, ma chère enfant, patience. Rien ne presse, à la vérité. Je suis si loin encore de connaître les vrais pauvres !" La raison n'était ni mauvaise ni feinte, malgré que j'en eusse une autre, et meilleure et plus rare, que je cachais jalousement. Il est prudent, alors que l'on détient deux explications d'une chose, de garder la plus simple pour soi ; à cause que la moins claire réussit souvent mieux à convaincre un esprit non initié, j'entends naïvement épris encore des pauvres pensées profondes. Cette seconde raison mystérieuse, la voici : rien ne nous diminue tant aux yeux du prochain que notre pitié d'un mal irrémédiable. La charité apparaîtra belle aux créatures de l'amour quand elle saura rendre la vue aux aveugles, l'ouïe aux sourds, le mouvement aux paralytiques et la vie aux morts. Louis le Grand défendait aux blessés de ses guerres la porte de Versailles. Le cœur du roi connaissait le cœur de l'homme.

« Ma fantasque charité avait deux compagnes : la mélancolie des soirs et l'exaltation des matins. L'une traînait ordinairement à sa suite, par les ruelles malades et nauséabondes, mon fidèle ami le roquet, génie galeux, obscène et famélique ; l'autre, un gringalet de philosophe banni de France, fort âgé et d'allure inquiétante, que les cabaretiers du port et les tenanciers de maisons déshonnêtes saluaient révérencieusement du nom de vicomte de Flagny. Ce M. de Flagny appartenait à l'espèce d'hommes qu'il suffit d'apercevoir une fois pour en rêver toute la vie, sans que jamais au souvenir de leur personne se vienne mêler celui du temps et du lieu où l'on en fit rencontre. Il avait une tête de crapaud jovial sur un corps de sauterelle méfiante, un équipement crasseux et l'habitude de parler du temple de Salomon en lutinant matrones, filles et fillettes. Je le voyais deux ou trois fois de la semaine aux séances de nuit d'une de ces confréries soi-disant secrètes qui pullulaient alors dans toute la Vénétie, sans autre objet apparent que de rapprocher des hommes fort différents de naissance et d'opinion, mais voués au même culte bizarre du mystère et de l'insécurité. Le vin et l'éloquence coulent à flots ; ici la cruche se vide et l'église trébuche ; là les verres s'emplissent à nouveau et le temple grandit à vue d'œil. Le prince allemand fraternise avec l'auteur d'un libelle fameux ; le tonsuré entretient à voix basse le voyant ; l'affilié de Genève paraît : le front du maître se rembrunit. L'intempérant Flagny marmonne, entre deux vins, le psaume CXLIX :

"Que la haute louange de Dieu soit dans leurs bouches et une épée à deux tranchants dans leurs mains.

"Pour tirer vengeance des païens, pour châtier le peuple.

"Pour mettre son roi dans les chaînes, ses nobles dans les fers.

"Pour exécuter le jugement écrit. Cet honneur-là doit appartenir à tous ses saints."

« Que la part de l'enfant dans les entreprises de l'homme apparaît grande à qui pénètre véritablement l'esprit des associations de ce genre ! Comme le sot discours de réception vous eût fait rire que je soufflai d'une voix de flamme et de vent par-dessus les cent perruques d'une assemblée ébahie et charmée ! L'amour est si haut, si profond, si pur, si formidable ! N'importe pas que vous lui fassiez dire ou faire ceci ou cela : son esprit embrasse toutes choses ; ses épaules sont puissantes ; n'ayez crainte d'ajouter un peu d'aimante sottise au fardeau d'infamies que le dieu porte si allègrement. Prince allemand, auteur de libelles, tonsuré, devin, tout s'agite, s'écrie, se lève d'un bond, accourt ; je suis applaudi, caressé, bousculé, assourdi ; des clameurs inquiétantes éclatent de tous côtés : "l'initié, l'Annonciateur, le second Baptiste ! Bethabara nouvelle avant la Jérusalem céleste !"

La porte retentit de trois coups furieux ; silence. La surprise, la terreur se viennent peindre sur tous les visages... Eh quoi ! ne serait-ce vraiment que l'affilié de Genève ? Le front du maître se rassérène...

« M. de Flagny suivait pour l'ordinaire mes galops d'amour au petit trot de son dada de la fraternité. Je faisais halte, de temps à autre, pour l'attendre ; il me rejoignait au bout d'un moment éternel, de l'air le plus innocent et le plus satisfait du monde ; et je l'accueillais d'une décharge formidable de railleries et de malédictions. Le bonhomme cependant ne manquait ni d'esprit ni de cœur ; mais il demeurait attaché par un cordon invisible aux entrailles de sa terre maternelle ; sa vue s'arrêtait à la sotte muraille de l'horizon, et, malgré qu'il parlât souvent de la nature avec des larmes dans les yeux et dans la voix, jamais je ne prenais le change ; à cause que je sentais qu'il donnait ce nom sacré non pas à l'amour, principe des choses, mais à une combinaison de forces et de lois, à un assemblage d'univers déterminés, à une immensité formée de petits coins précis, accueillants aux poids et aux mesures. Je suais sang et eau pour lui faire entendre raison ; savoir, qu'il n'est point de réalité en dehors de l'amour, lequel est Esprit saint ou Esprit de vérité, c'est-à-dire adoration de Dieu pour soi-même à travers l'homme ; qu'en cette sainte Trinité réside toute sagesse ; que la connaissance, enfin, est de la relation des choses et non des choses en elles-mêmes. L'excellent homme n'avait point de cesse qu'il ne fût retombé dans l'erreur commune aux philosophes de la nature. Confondant le principe des choses avec l'enchaînement des lois auxquelles les choses sont soumises, il tirait du concept de la nature celui du "naturel", jouait inconsciemment sur les deux mots, faisait de la nature une chose "naturelle", créait une loi suprême de l'absolue nécessité des lois, et aboutissait fatalement à la vieille idée du faux et du vrai, sans prendre garde que ce qui apparaît faux en tant que contraire à la loi imposée à la raison peut fort bien être vrai au regard du principe révélé au sentiment.

« L'abus des grands mots et des vieux crus fumeux faisait parfois s'enfler la verve en véhémence et dégénérer la controverse en dispute ; alors la confrérie des ganaches mystiques se divisait d'abord en deux camps ennemis, se morcelait ensuite en petits groupes incohérents, et finalement se désagrégeait en individualités bachiques et inconciliables. Quand donc l'assemblée se trouvait de la sorte partagée entre autant d'opinions qu'elle comptait de têtes, quelqu'un des inspirés courait ouvrir toutes grandes les portes d'un salon adjacent, et une foule folâtre de belles de tous pays accourait joindre son gai ramage à la rumeur sourde et courroucée de cent monologues extravagants.

« C'était là, pour moi, le signal ordinaire du départ ; car d'abord que mon cœur de vieux roué eut goûté de l'amour véritable, le spectacle de l'orgie n'eut plus rien à m'offrir qui ne révoltât et mon esprit et mes sens. Rien n'est odieux à la tendresse comme le simulacre de la passion et le faux-semblant de la joie ; et je ne sache rien qui soit plus près de la peine qu'un plaisir qui laisse l'âme indifférente. En dépit de la sympathie, de l'admiration même que le vicomte avait ressentie à la première vue de mon ensorceleuse, il cherchait quelquefois à me retenir au milieu des mauvais sujets en moquant mes passions exclusives de jeune époux vertueux ; mais je répondais invariablement à ces facéties par un éloge de l'amour, du grand amour solitaire qui trouve sa joie non dans la fidélité à son sujet, mais dans le simple respect de soi-même. Et dans le temps que j'étourdissais le bonhomme de mille arguments plus ou moins contradictoires, je le poussais tout doucement vers la porte de la rue et là le jetais, grelottant et ahuri, dans le grand silence de l'aube, dans le large silence vide, blafard et insensible du jour nouveau.

« Je ne sais rien qui soit plus délicieusement navrant qu'une promenade à l'aventure dans les quartiers pauvres d'une grande cité, surtout après une nuit dépensée en débauches raffinées et coûteuses. Dès ma prime jeunesse, j'ai recherché avec passion ce morose plaisir si riche en contrastes désolants. Aussi bien n'est-il pas de cul-de-sac si obscur en Europe, depuis Whitechapel à Londres jusqu'à Fréta à Varsovie, que je ne connaisse mieux que le monde de mon propre cœur, si plein d'amertume et de ténèbres. Je suis l'ami des vieilles fenêtres hypocrites, le confident des portes hostiles et verrouillées, le complice des caves où quelqu'un descendit jadis qui n'est jamais remonté... Ma mémoire est une ville étrange où la rue du Chant-des-Oiseaux de Francfort conduit à Soho et à Mile End Road à travers les rues basses de Kieff et le Ghetto de Venise. Et mon âme est une église Saint-Clément Danes fuligineuse et suintante au milieu d'un enchevêtrement hideux de ruelles crapuleuses de Hambourg ou de Naples. Je sais quelles pierres de Fleet Street ont frémi sous les pas de vagabond de Samuel Johnson, quelles fenêtres de l'île Saint-Louis ont surveillé les allées et venues de Restif et de Jean-Jacques, quelles vitres de l'avenue des Tilleuls ont tinté sous les doigts de Gluck. Mon cœur est tout près des choses immobiles, ternes et muettes, et un secret instinct guide mes vieilles jambes fébriles vers les lieux désolés où quelque peine monstrueuse espère encore le rachat. Qu'une clarté vaporeuse de taverne d'East End attire mon regard, aussitôt une voix singulière me chuchote à l'oreille : "Entre ; ici tu pourrais bien rencontrer ton âme perdue." J'aperçois un coin de mur moussu et pisseux, une gouttière rouillée et crevée, un tas d'ordures ou n'importe quel autre objet charmant de la même espèce ; et je m'arrête, et je m'attarde là à rêver de quelque maîtresse d'autrefois, laide et vicieuse ; à regretter un être qui est mort et que je n'ai jamais aimé ; à remémorer des instants lointains et vides dont je me soucie comme de moi-même... Je ne sais quel morose crapaud engraissé d'immondice et d'amertume en moi coasse nuit et jour, à demi écrasé sous la pierre lourde et glacée de mon cœur.

« Que ne puis-je ouvrir ainsi qu'une boîte à surprises mon vieux crâne pointu et déplumé sous la perruque, afin d'offrir à vos regards l'image des êtres et des choses que le souvenir y retrace et que nulle parole ne saurait rendre ! Vous y reconnaîtriez l'ami qui vous parle présentement, avec ses longues jambes de pendu, avec son même visage parcheminé et tranchant, mais rajeuni de dix années ; et à ses côtés vous pourriez voir sautiller, gesticuler et souffler dans un mouchoir rouge et jaune un petit vieillard grelottant dans un habit vert trop long et trop large, serpenteau en mue, noix gelée dansant dans une coquille trop grande ; et sur la nuque du vieillard vous verriez danser une queue de macaque enfarinée, et sur son derrière de cigale se balancer une longue épée attachée tout de travers. Et le pas mal assuré des deux seigneurs vous donnerait de la surprise, ainsi que la couleur sale de l'heure et de l'eau, et la lèpre des maisons, et le silence surnaturel du ciel. Et vous suivriez le plus fou des Brettinoro et le plus écervelé des Flagny par des calli et campielli insoupçonnés du reste des gens de bien ; et sur des escaliers vermoulus, hostiles à leurs pas avinés ; et dans des taudis dont la seule vue vous ferait lever le cœur. Et là, devant des grabats pleins de vermine et d'enfants devant des tables graisseuses où de jeunes couples jaunis par la misère trempent le pain sec dans le brouet clair, vous trouveriez une occasion excellente de vous débarrasser et de vos vieilles larmes inutiles et de votre or insultant et affreux.

« L'aimable Flagny donnait son obole tranquillement, en homme de bien convaincu de l'utilité de l'aumône ; j'avais, quant à moi, une façon plus sauvage et plus tourmentée de porter secours à mon prochain. Le vicomte n'avait qu'à obéir à sa bonté naturelle ; sa tâche était aisée. Moi, je réprimais l'élan de mon amour ; et ma peine était profonde. Mon silence reprochait aux pauvres leur laideur, leur amertume, leur résignation. Je ne pouvais non plus leur pardonner mon impuissance à adoucir leur sort. Hélas ! l'aveugle conduit l'aveugle, le pauvre assiste le pauvre ! De la fenêtre des mansardes je contemplais la gloire des horizons marins ; ma vie ouvrait toutes ses portes au souffle de l'éternité ; et je m'étonnais que des choses si belles, si grandes et si saintes pussent me pardonner la faiblesse et la laideur de naine de ma charité. Voici l'aumône du mauvais amour — me répétais-je sans cesse — voici la compassion d'un amour déchu, d'un amour qui ment, qui ment à son immortalité, et qui se proclame éphémère et vain, et qui se laisse convaincre par son propre mensonge au point de décroître, de vieillir, de mourir. Quelle chose attendons-nous donc qui ne soit déjà là, dans nos yeux éblouis, dans nos cœurs enivrés ? Aujourd'hui n'est-il donc pas fait de tous les hiers, de tous les demains ? L'éternité n'est-elle pas instant ? Debout, debout ! Abandonne-toi à ton amour ! Lève-toi, commande à l'aveugle, au sourd, au paralytique ; lève-toi et marche sur la mer ! Car si c'est là ton amour d'une créature vivante, combien pauvre doit être le cœur de ceux qui ensevelissent leurs morts ! » — Et plein de dégoût, de haine et de pitié, je jetais ma bourse aux fossoyeurs, afin qu'ils chantassent ma louange en humant le vin corrompu de la vie.

« L'"objet" d'un amour, et singulièrement d'un amour très profond, n'en peut jamais être la "fin". Dans la grande adoration, la créature n'est point autre chose qu'un médium. L'amour véritable a faim de réalité ; or il n'est de réalité qu'en Dieu. Si la grande passion s'abîme le plus souvent dans le désenchantement et dans le désespoir, ce n'est jamais qu'au seul sens terrestre de ces mots ; à cause qu'en s'élevant à l'adoration de l'impersonnel, du doux, du tout-puissant Amour notre père, elle est payée au centuple du prix de sa perte. L'amour profond est une élévation douloureuse au séjour adorable de la chasteté, de la simplicité et de l'enfance. Le désabusement nous fait perdre le monde et gagner Celui dont le royaume n'est pas de ce monde. L'éveil, en mon cœur, de la foi, de la charité, de l'infinie tendresse pour l'homme me donnait clairement à entendre que le rôle tenu par la Sulmerre dans le drame de ma vie tirait à sa fin. J'aimais d'Annalena ce que nul autre que moi n'en pouvait connaître, ce que pas un ne m'eût pu ravir, ce qu'elle-même jamais sans doute n'avait pénétré. Et cependant, en tant qu'amant d'une femme, je souffrais toutes les peines imaginables ; car je sentais ma peur du péril imaginaire s'aggraver d'heure en heure de mille soupçons des plus fondés. Le cercle maudit des don Juans se resserrait sans cesse autour de ma belle chaque jour plus accueillante et plus minaudière ; et il n'était pas un parmi ces odieux roués de sa suite qui ne se berçât du doux espoir de voir au premier jour sa flamme couronnée.

« Ma patience était à bout : l'impertinence des béjaunes passait maintenant toute mesure et leur obstination à me dévisager n'exprimait que de trop éloquente façon le peu de cas qu'ils faisaient de mon facile triomphe et de l'éphémère fidélité de ma belle. Quant à Labounoff, après notre rencontre au Calle Selle Rampani, jamais il ne se donna la peine de me marquer le plus faible ressentiment d'une supplantation que je me reprochais souvent comme un manquement aux devoirs de l'amitié. Je ne sus tout d'abord que comprendre au procédé du prince. Le contraste, et de sa confidence passionnée et de l'air indifférent que je lui trouvais ne laissait pas que de me surprendre ; cependant il était clair que le madré boyard, expert qu'il était en matière de galanterie, n'avait point tardé de pénétrer le naturel de la Mérone. Se souciant donc fort peu d'en obtenir autre chose que ce que les femmes de cette sorte ont coutume d'accorder à leurs amants, il se bornait au désir d'être mon successeur immédiat dans les bonnes grâces de la volage ; et sa patiente et sage jalousie se tournait toute contre un certain baron Zegollary, qui volontiers se donnait l'air de lui vouloir disputer son rang parmi les aspirants aux faveurs de l'aimable Mérone.

« Ce Zegollary était bien l'être du monde le plus laid et le plus répugnant. Je ne pense pas avoir rencontré de ma vie caractère plus petit ni tête plus étroite ou plus brouillée de vanité. En dépit de sa soixantaine bien sonnée et des ridicules proéminences que faisait à son corps le bizarre assemblage d'un grand goitre livide, d'un gros ventre branlant et d'une énorme paire de fesses éternellement agitées, le hideux faraud s'obstinait à singer aveuglément les grâces des petits-maîtres à la mode et les minauderies des bardaches qui composaient sa fréquentation ordinaire ; car, tout chassieux et podagre qu'il fût, le butor jugeait plaisant de couronner du péché des Bulgares ses innombrables ridicules de Hongrois. Malgré que j'en eusse, je ne faisais que rire des œillades assassines dont la Sulmerre honorait ce muguet d'hôpital, attaché plus que pas un à ses pas, et je m'étonnais chaque jour que Labounoff en pût prendre ombrage. Cependant le soupçon du prince sur ma maîtresse n'était que trop fondé ; et j'eus mainte occasion, depuis lors, de constater que le Moscovite se piquait à fort bon droit de connaître le cœur des belles, ou plutôt, comme il avait coutume de dire, "l'organe essentiel de ces chères petites colombes de gueuses" ».

À cet endroit, M. de Pinamonte interrompant son récit et péchant dans les profondeurs de sa diabolique soutane une vénérable tabatière des saints jours de jadis éternua plus de dix fois dans son beau mouchoir d'Arménie et, tout cramoisi d'une quinte des plus maladroitement simulées, frotta longuement et rageusement ses pauvres yeux de serpent tout honteux de se montrer noyés de vieilles larmes de regret et d'amour.

« Ah ! chevalier de mon cœur ! ami du hasard et du diable ! Il n'est sans doute pas que vous n'ayez connu, vous aussi, la venimeuse douceur de quelque tendre colombe de gueuse. Je connais... non, je ne connais pas votre vie... ; mais, dès la première vue, vos yeux éloquents m'ont tout découvert, la nuit passée, au ponte Tappio. La passion attendrie d'une drôlesse, la douceur maternelle dans la frénésie du vice, la candide amitié de la sœur dans le cœur de Messaline, la grossièreté de l'outrage et la lâcheté de la compassion, la pitié et le dégoût de la pitié, la jalousie que l'on savoure comme un vieux vin de Chypre mixtionné d'amers aphrodisiaques ; toutes ces choses horribles et délicieuses sont enfermées dans le nom magique d'Annalena-Clarice de Mérone, la fausse comtesse de Sulmerre, l'aventurière lunatique, la redoutable et la douce, la maternelle et la nymphomane. Douce — eh oui, corbleu ! et très douce — car elle m'a su donner des nuits furieuses et de tendres jours. Il y avait dans sa chair de l'enfant et de la chèvre, et dans son âme de l'ange et du babouin. Son esprit avait du singulier et du charmant, son cœur... Au demeurant, un amour tel que le mien se passe fort aisément d'excuses.

« Il ne me reste plus, Monsieur le chevalier, qu'à vous conter en quelques mots l'inévitable trahison qui fut cause de la brusque rupture de notre commerce. La scène me paraît trop licencieuse pour qu'il me soit libre de m'y attarder. Que si vous désiriez, toutefois, de connaître en ses détails intimes l'inénarrable spectacle auquel j'eus l'affreux plaisir et le risible malheur d'assister, quelques esquisses secrètes tracées de mémoire suffiraient pleinement, ce me semble, à satisfaire votre curiosité.

« Certaine nuit, donc, qu'il avait, selon la coutume des Scythes, le vin plus indiscret que de raison, le prince Serge, m'entraînant dans une galerie écartée du palais di B..., me mugit à l'oreille, entre deux baisers mielleux et grommeleurs : "Par Hercule et Labounoff ! pigeonneau de comte, petite âme de duc, tu n'auras bientôt, par ma foi, plus rien à te reprocher. Il m'est revenu que tu devais quitter Venise cette nuit même, dans une affaire qui ne souffre pas de répit. Sache donc que mes mesures sont tout aussi bien prises que les tiennes et que le plus cher de mes vœux sera exaucé bientôt, à tes dépens, s'entend, cocu du diable que tu es ! Par Hercule ! jamais je ne me suis senti en plus belle humeur de cajoleries ! C'est un caprice obscène et exquis de notre charmante délurée. Plus d'émulation désormais entre nous ; aussi bien n'était-ce que justice de nous laisser jouir enfin, en tout repos, d'une félicité commune."

« Pour ivre-mort qu'il fût, le bourreau ne laissa pas de prendre garde à l'effet que ses étranges propos faisaient sur l'esprit de la victime. Les fumées de son vin eurent quelque peine, apparemment, à obscurcir sur mon front le feu de l'indignation et de la honte. Quelque effort qu'il fît, toutefois, pour changer de ton et tourner la chose en plaisanterie, j'eus peine à me prêter à son manège ; et cela d'autant plus que son allusion à mon voyage donnait toute vraisemblance à l'odieux complot ; car une affaire fort pressante m'appelait effectivement à Livourne. Je ne jugeai donc point à propos d'écouter la suite du singulier discours. L'injure m'avait percé jusqu'au vif. Le dépit me tenant lieu de fermeté, je différai mon départ et je pris la détermination de rompre sur l'heure avec l'ingrate.

« Suivi du paternel Giovanni, je courus au logis de ma maîtresse ; mais la coquine qui, depuis l'aube, n'avait point arrêté de se plaindre de vapeurs, avait déjà, à l'insu des caméristes, quitté d'un même coup et son lit et sa maison. Il n'en fallait pas davantage pour me faire perdre le peu de sang-froid que m'avait permis de conserver la confidence du prince. L'ingénieux Giovanni eut cependant tôt fait de dresser ses batteries et de mettre sur pied une légion d'émissaires. L'ironique Phébé seconda nos desseins ; la corruptibilité des gondoliers nous fut aussi de quelque secours ; de sorte qu'après une heure de battue à travers la ville, nous nous vîmes en état, Giovanni et moi, de marcher à l'ennemi.

« Je n'entrerai point dans le détail de cette burlesque expédition. Je n'en ai aucune mémoire. J'avais la tête renversée ; je courais comme un perdu, de-ci, de-là, me heurtant à chaque pas aux décombres de ma vie écroulée. La traversée du sinistre Campiello del Piovan ; une vieille maison sise au mitan d'un quartier des plus crapuleux ; un escalier puant et gras tout parsemé de pelures d'oranges ; un grand coup, enfin, de l'épée de Giovanni dans la porte ; voilà les seules choses dont il me souvienne. Je ne regagnai quelque emprise sur mes sens qu'à l'instant où l'on nous vint ouvrir. J'aperçus Labounoff nu comme la main. À ma vue, il recula plusieurs pas en arrière. J'entrai.

« À la clarté dansante d'une chandelle unique, j'aperçus Clarice-Annalena Mérone, comtesse de Sulmerre, dévêtue à la mode d'Arcadie et se prélassant sur la plus voluptueuse des couches : son frère Alessandro lui servait de coite, Zegollary de traversin et mylord Edward Gordon Colham de colifichet mignon pour le désœuvrement de ses charmants petits doigts. La vie faillit à m'abandonner.

« Mon premier mouvement fut de mettre ma fidèle épée à la main ; mon deuxième, de sourire en me rappelant que j'étais Brettinoro, Benedetto et Guidoguerra ; enfin, par le jeu d'une association bizarre, ma pensée s'arrêta sur l'image de l'abbé de Rancé ; et ce rapprochement subtil et saugrenu acheva de me dérider.

« Aucune des nudités convulsées du groupe mythologique et aviné ne se teinta du sang des vengeances. Personne ne mourut cette nuit-là ; non, pour dire le vrai, personne. Car ma jeunesse et mon illusion étaient déjà mortes, ah ! par la fourche et la queue du diable ! mortes et ensevelies depuis longues, longues années.

« Une violente surprise nous éclaire parfois sur la nature réelle de nos sentiments avec une sûreté que nous attendrions en vain d'une raison sans cesse troublée par d'extravagants soucis. Ainsi, devant l'ignoble et séduisant spectacle qui fascinait ma vue, je reconnus, sur le tard, avoir été, à tout propos, cruellement moqué par ma gueuse d'imagination. Le destin des mélancoliques pasquins de mon espèce est de poursuivre, leur vie durant, quelque vain fantôme de passion, d'art ou de philosophie, puis de s'endormir dans la sainte et unique réalité du sein de Dieu.

« Passé le premier saisissement, je m'excusai auprès des amoureux penauds de la brusque interruption de leurs ébats ; et, tout en plaisantant agréablement la fougue juvénile de leurs transports, je les complimentai sur la grâce attique de leurs jeux et les implorai de s'en retourner à leur chef-d'œuvre inachevé. Labounoff aussitôt donna le signal d'un nouvel assaut. Justes dieux ! que le prince l'avait donc belle ! Sans faire difficulté, j'avoue m'être senti animé à ce moment, d'un vif désir de participer à l'aimable lutte. Il s'en fallut de peu que je me jetasse dans l'amoureuse mêlée ; telle était cependant la violence de ma belliqueuse envie, que la vue seule des armes et des blessures suffit à la contenter. Tout le temps que ses amis furent aux petits soins avec elle, ma chère Mérone s'amusa à m'envoyer de malicieux baisers tout pleins de tendresse ; jamais encore la friponne ne m'avait paru si belle, ni si gracieusement parée de tous les attraits de l'innocence. Le hasard des poses licencieuses n'ôtait rien à la modestie animale de son maintien ; je la voyais enfin telle que la nature l'avait créée ; je ne doutais plus de l'ingénuité de ses amours. Le spectacle me ravissait d'aise. J'étais surtout vivement touché des témoignages d'affection que le jeune Alessandro prodiguait à sa sœur ; cependant, tout en couvrant de louanges les principaux acteurs de cette scène, je ne laissais pas de marquer quelque admiration aux emplois secondaires ; car il n'y avait pas jusqu'à ce calculeux et rogneux Zegollary qui ne fît preuve, en l'occasion, d'une compétence et d'une dextérité dignes des plus grands éloges. Pour ce qui est de ma chère maîtresse, sitôt terminé l'inoffensif pugilat, je la pressai tendrement contre mon sein et déposai sur son front à nouveau rougissant une couple de fraternels baisers. Que ne rompons-nous, chevalier, avec la sotte routine de considérer comme notre semblable une Ève dont nous ne connaîtrons jamais l'esprit ni la chair ? Car que pouvons-nous pénétrer d'une créature qui nous sait demeurer entièrement fidèle dans le moment même qu'elle essuie le feu d'un corps de garde au complet ?

« Me sentant à jamais guéri de ma vieille sottise, je pris gaîment congé de mes amis, sans même un instant songer à leur faire reproche de la singulière conduite qu'ils avaient tenue avec moi. Je courus chez mon banquier. Rien, à mon sens, n'égale en noblesse une belle tête de fourbe gravée dans de l'or palpable et chantant. Je fis d'abord mes adieux aux tripots et aux mauvais lieux de Venise, de compagnie avec l'ingénu et doux vicomte ; ensuite à la ville elle-même. Ma folle amitié pour Edward Gordon Colham n'eut que peu de durée. Je trouvais à mylord un esprit trop formé déjà par le commerce périlleux des femmes.

« Au jour fixé pour le départ, je me présentai pour la dernière fois chez la douce maîtresse de ma vie. Je traversai d'un pas alerte les galeries obscures et les salles silencieuses. J'entrai sans frapper dans le salon à l'épinette. Ma très ravissante était là, plus pâle que de coutume et tapie tristement dans le petit coin si doux à mes vieilles songeries, entre la cheminée et le bahut de chêne, sous le Hogarth et en face du Longhi. "L'heure est venue, mon Annalena chérie" — lui dis-je simplement. — "Hélas, monsieur, me répondit-elle d'une voix d'enfant, pourquoi faut-il donc que vous soyez si peu de votre siècle ? Haïssez-moi, mais ne me méprisez point ; car il me sera certainement beaucoup, beaucoup pardonné." Je ne pus que sourire à cette application bizarre de mes prêches anciens. Toutefois, en interrogeant les yeux de la belle, j'y lus la même réponse dans un beau regard de jeune chienne innocente, chaude et fidèle. "Ah ! que ne vous ai-je conté plus tôt l'histoire infortunée de ma vie !" poursuivit-elle ; "je n'ai jamais connu de père ; ma mère était une..." Je lui mis la main sur les lèvres : "Trop tard, trop tard, ma chère enfant !" Des larmes filiales coulaient sur les pauvres et douces joues. Elle se leva comme pour aller à l'épinette. Je devinai son mouvement et l'arrêtai au milieu de la chambre. Ah ! pauvre amour ; ah ! triste vérité ! Mon regard dans la haute glace rencontra mon regard. Ma vieillesse m'apparut pour la première fois en toute sa sincérité. "Le temps des amourettes est passé — me dis-je —, il se fait tard dans le jour du monde ; l'amour est proche." Puis, me tournant vers ma charmante : "Le moment, à son tour, est venu, ma Clarice adorée." Je fis quelques pas vers la porte. La Sulmerre ne branla point. La Sulmerre restait comme figée. Deux vers très vieux et très ridicules chantaient dans ma mémoire :

> *Ta femme, ô Loth, bien que sel devenue,*
> *Est femme encor, car elle a sa menstrue.*

« J'appuyai sur le bouton de la serrure. J'entrouvris la porte. Le cri d'un gondolier s'éleva dans l'éloignement. Puis tout rentra dans le silence.

« Insensible au point de n'éprouver aucune surprise à l'apaisement soudain d'une âme qui avait connu tant d'alarmes, je dirigeai mes pas vers le calle Barozzi. Là je trouvai le pavé encombré déjà de mon bagage et, comme en mainte occasion antérieure, l'escalier de ma maison tout sonore de rires et de jurements de faquins. L'honnête Giovanni m'attendait à ma porte en habit de voyage. Flagny s'appuyait languissamment sur son épaule ; dame Gualdrada sanglotait dans son giron. J'aimais sincèrement et l'écervelé vicomte et l'infortunée cartomancienne ; cependant leur piteuse attitude me surprit. Ils redoutaient encore l'heure des séparations ; et mon âme avait conquis Celui dont rien ne nous peut séparer.

« D'une voix douce et d'un geste enjoué, je donnai l'ordre à mon serviteur de marcher vers l'embarcadère Les portefaix nous suivirent en fredonnant. Flagny parlait d'avenir, Gualdrada de jours à venir. Je souriais aux propos et de l'un et de l'autre. Le soleil, satellite immédiat de l'amour, soufflait son vent de flammes et de rêves sur le large Molo ébloui. Je donnai l'accolade à la veuve de Sciancato ; je pressai contre mon sein l'ennemi naïf des tyrans. Une brise de larmes et de rires gonflait les voiles du trois-mâts impatient. Nous levâmes l'ancre. La

Rive des Schiavoni prit son vol dans l'air léger. Je courus à l'arrière : sur le rivage rapide Gualdrada agitait son mouchoir, Flagny son chapeau. Je ne laissai échapper ni soupir ni plainte ; mon cœur était déjà comme un fruit mûri dans le grand silence. Giovanni me considérait avec surprise. Le ponte Ca'di Dio s'effaça à ma vue ; l'île Saint-Georges à son tour se prit à fuir. L'air était pur ainsi qu'un rire d'adieux. Dans un large signe de croix j'embrassai la beauté de ma tendre Venise, la mélancolie de mon bonheur passé, la vie et la mort d'Annalena l'initiatrice. Et ma chair frissonna de la volupté de la prière.

« Rapide est la lumière du ciel, plus rapide est l'esprit de l'homme ; mais la vérité qui se révèle au sentiment passe en rapidité et le soleil et la pensée. Je me sentis seul tout à coup, seul en face de moi-même. La prière avait effacé de mes lèvres ce goût de fruit véreux qu'a l'amour cueilli dans un Eden attaqué de la peste d'Adam. Je compris pourquoi Dieu ne voulait plus, ne pouvait plus se montrer à l'homme ; pourquoi l'amour entre créatures n'était plus la présence du Dieu vivant. Le corps de la femme est une croix, et le baiser de la femme une éponge de vinaigre ; l'époux est crucifié sur l'épouse, l'amant sur l'amante, la mère sur le fils. Penchez-vous sur les berceaux, pénétrez dans les tombes : le mensonge est partout. Il vacille en feu follet des marécages sur la face de l'enfant, en clarté de lampe sépulcrale sur le front de la vieillesse. Il roule d'année en année, de siècle en siècle, ainsi que danse de vague en vague la lie gluante de la mer. Votre père vous a trahi, et votre mère, et votre ami, et celle en qui vous crûtes trouver le repos du cœur. Les maisons s'observent avec défiance ; moins de mensonge pourtant se dissimule dans un mur dressé devant un mur que dans un regard de femme levé vers des yeux d'amant. Méfiez-vous de votre enfant : le rêve de ses nuits est plein de haine, et il n'ose ni rire ni pleurer ; la main de l'horrible silence est sur sa bouche. Le mensonge, le froid calcul, l'insensibilité du cœur vous épient de leurs cachettes. Votre mère aime en vous ce qui n'est point de vous ; votre très chère adore en vous ce qui est d'un autre, ce qui est de tous les autres ; et chacun est trahi au nom de tous, jusqu'à ce que chacun ait appris à se duper soi-même. Le soleil desséchera votre peau, la lune blanchira vos cheveux, et vous serez comme un arbre mort dans le vent et comme la feuille emportée vers la mer ; et quand l'heure sonnera, vous direz encore : "Où donc est la parole de vérité ?" Et celui-là qui n'a pas souffert de son amour et qui a accepté son amour tel qu'il l'a trouvé, celui-là n'a jamais aimé, et son cœur pourrit dans le mensonge comme le cadavre du ver dans la pourriture du fruit. Mais celui qui a souffert de son amour de la créature et qui a renié cet amour, et qui s'en est retourné à la source éternellement pure d'un fleuve contaminé, celui-là connaît l'Amour d'avant les temps, celui-là marche dans l'éblouissement de la présence de Dieu.

« Tout autre que vous, chevalier, m'eût interrompu plus d'une fois, dans le cours de ma trop longue histoire, pour opposer à mon idée de l'amour unique, partant divin, la multiplicité des sentiments qui régissent le monde ; appelant ainsi mon attention sur le peu de rapports que présentent entre elles les diverses manifestations de l'humaine tendresse. Quoi de plus juste, cependant, que de faire directement découler du principe de l'être celle-là des formes de l'amour en qui la propagation de l'être est assurée ? Si la créature rayonnante de beauté, de vérité, de candeur est la manifestation sensible de l'amour de Dieu pour Soi-même, n'est-ce pas dans l'attachement sublime à quelque créature qu'il nous faudrait, dans une vie plus simple et plus pure, chercher, tout d'abord une expression à notre amour du Père terrible et doux des choses ? Et qu'importe que cet attachement, alors même qu'il est profond et sincère, dure moins que la vie, s'il fait battre le cœur mortel selon le rythme de l'Amour sans fin ! Toute tendresse est faite d'un rêve et d'une réalité ; le rêve est à la terre dont les jours sont comptés, la réalité est à l'Éternel. La vie selon le monde est l'ombre d'une vapeur, un sentiment de doute dans le rêve de nuit d'un dément ; cependant le plus faible désir d'amour vrai y contient déjà toute la réalité du Ciel ; et tous les pardons y furent assurés à celle qui aima d'amour suprême après avoir longtemps brûlé du pire. Au surplus, la folie des amants n'est-elle pas ce premier anneau mystique qui rattache au sein de Dieu toute la chaîne harmonieuse des sentiments conservateurs, depuis l'affection de la mère jusqu'à la tendresse du cœur de l'homme pour la pierre du chemin ? Serait-ce donc vraiment chose à ce point folle que mon appel déchirant à une vie qui ne fût point empoisonnée en sa source ? N'est-ce pas, enfin, à celui qui goûta du plus bourbeux amour de rafraîchir ses lèvres à la clarté du plus limpide ?

« Nous faisions voile vers Manfredonia, dans le temps insoucieux de la joie et de la douleur. Suivant du regard le vol des oiseaux et la fuite des nuages, je repassais en esprit et l'histoire de ma propre tendresse et les principaux épisodes des intrigues auxquelles je fus mêlé. Je recherchais vainement dans mon souvenir l'exemple d'un seul amour dont on pût dire : "Celui-là fut ensemble profond et heureux." J'évoquais les grandes passions, celles qui brisent les liens et renversent les obstacles ; et elles m'apparaissaient sous les traits hideux de la trahison, de la lassitude, du mépris, du dégoût. J'interrogeais l'amour grave et calme, le grand procréateur nourri du respect de la tradition et de l'avenir ; et je frémissais à la vue de tant de médiocrité, de résignation et d'ennui. Enfin, j'appelai à grands cris l'amour de l'homme ; et mon prochain se vint traîner à mes pieds, lamentable, méfiant, chargé de chaînes et mourant de faim. Alors j'élevai mes mains au ciel, disant : "Grâces te soient rendues, ô Amour, ô Notre Père du Paradis terrestre perdu ! ô Toi, tout ce qui a été, ô Toi, tout ce qui devrait être encore, au séjour temporel même, et n'est plus ! Abandonné d'Adam, victime du Pharisien ! Ô pur trésor de ceux qui ont tout perdu ! Qu'il est juste que je ne te puisse connaître que du fond ténébreux de l'abîme des douleurs ! Que ta loi de l'expiation est belle ! Et quelle douceur dans cette attente désolée de ta dernière incarnation, ô Esprit Saint, ô Esprit de Vérité, ô Paraclet ! »

Le noble Antisthène se tut. Je levai les yeux. Le saint homme pleurnichait hideusement dans son beau mouchoir d'Arménie.

« Telle est, ajouta-t-il, en s'essuyant les yeux, telle est, aimable confident de mon cœur, l'édifiante et fort simple histoire de Manto la tendre, la perfide et la morte. Non pas la morte de Vercelli, monsieur le benjamin, mais la bel et bien morte, d'âme et de chair. Oui, monsieur le plaisant ; notre dame de Sulmerre n'est plus de ce monde. Deux messages anonymes m'en vinrent mander coup sur coup, l'an passé, et la maladie et la mort. Vous ne sauriez croire combien je fus contristé de ces nouvelles. »

À la grille du jardin, je me retournai pour le dernier salut d'usage. M. de Pinamonte m'apparut tête nue, dans la gloire attendrie du couchant. Deux lourdes larmes coulaient sur son visage rieur. Il se baissa comme pour ramasser quelque chose à ses pieds. Ses pauvres mains tremblantes soulevèrent avec effort une grosse pierre endormie dans les mauvaises herbes.

« Que cette âme si douce et si humble soit le témoin de nos adieux », prononça-t-il d'une voix grave. Et il ajouta aussitôt : « L'Absurde, le fameux absurde seul nous est resté. Qui a des oreilles entende ! »

« À *bientôt*, monsieur », lui criai-je en réponse du coin de la rue.

Il n'était rien moins qu'aisé de discerner dans l'histoire d'Antisthène le vrai et le faux, le sincère et le feint. Seule, l'odieuse scène de la trahison m'apparut, sinon imaginée en son entier, du moins outrée au-delà des bornes de la vraisemblance. Je me fis un divertissement, durant deux jours, de jeter sur un papier toutes sortes de réflexions au sujet de mon original ; le troisième jour, cependant, je déchirai mon griffonnage et le jetai au feu ; car je n'y découvrais plus qu'un bizarre enchevêtrement de jugements contradictoires et de maximes dénuées de sens. Comme que je fisse, toutefois, je ne me pouvais abstenir d'évoquer cent fois du jour la personne inquiétante de mon songe creux ; et malgré que le sentiment que j'éprouvais à son égard fût composé d'autant de mépris que d'admiration, j'employai une quinzaine de jours à battre le pavé de Naples dans l'espérance de le rencontrer ou de reconnaître, pour tout le moins, le chemin de sa demeure. Celle-ci avait laissé dans ma mémoire une empreinte des plus vives, tout de même que la rue où elle était située ; fort heureusement pour moi, car je n'ai jamais pu retrouver l'une ou l'autre ailleurs qu'en mon esprit. Je ne fus pas plus favorisé dans ma course aux informations. Les mieux renseignés me renvoyaient aux ouvrages de Machiavel ou d'Alighieri ; les autres, plus expéditifs en affaires pour être moins érudits, me donnaient bonnement au diable ; et, en dépit de tout le mysticisme de son Pinamonte, l'infortuné Benjamin trouvait plus de clairvoyance aux ignares qu'aux savants.

Vers la mi-octobre, je reçus de Copenhague l'ordre de me rendre à grandes journées en Saxe, où mon frère le plénipotentiaire m'attendait depuis deux mois. L'affaire ne souffrait point de répit. Les termes de la note me firent craindre que le Roi et le Conseil ne fussent à bout de patience. Je dépêchai donc les affaires et montai dans ma chaise avec le sentiment de me séparer une fois de plus de la Mérone, une fois de plus et pour jamais.

À l'instant de tourner le coin de la rue, un juron du postillon, un grand brouhaha de rires et un hurlement d'animal blessé me firent mettre le nez à la portière. Sur le pavé fangeux gisait une masse informe de sang, de cervelle et de poils. Des polissons crasseux s'amusaient à la triturer sous leurs talons nus. « Ce n'est rien, monseigneur, me cria l'un d'eux en riant ; c'est le vieux chien galeux du ponte Tappio que vos chevaux viennent de réduire en bouillie. » Un coup de fouet dispersa la canaille et nous poursuivîmes notre chemin.

FIN

Copyright © 2024 par Alicia Editions

Image de la couverture : August Seidel, *Venice, A Moonlit Night over the Santa Maria della Salute*, 1863

Isbn eBOOK 978-2-38455-439-3

Isbn Livre broché 978-2-38455-440-9

Tous droits réservés

www.ingramcontent.com/pod-product-compliance
Lightning Source LLC
LaVergne TN
LVHW040152080526
838202LV00042B/3132